i

为了人与书的相遇

贾 想 II

贾樟柯电影手记

2008-2016

贾樟柯 著　万佳欢 编

台海出版社

图书在版编目（CIP）数据

贾想. II，贾樟柯电影手记 2008-2016 / 贾樟柯著；万佳欢编.
-- 北京：台海出版社，2017.2（2022.12 重印）
ISBN 978-7-5168-1297-6

Ⅰ.①贾… Ⅱ.①贾… ②万… Ⅲ.①纪实文学－作品集
－中国－当代 Ⅳ.① I25
中国版本图书馆 CIP 数据核字 (2017) 第 033374 号

贾想. II，贾樟柯电影手记 2008—2016

著　　者：贾樟柯　万佳欢 编

责任编辑：刘　峰　　　　策划编辑：杨静武　李恒嘉

装帧设计：杨小满　　　　内文制作：杨小满　龚碧函

责任印制：蔡　旭

出版发行：台海出版社

地　　址：北京市东城区景山东街 20 号，邮政编码：100009

电　　话：010-64041652（发行，邮购）

传　　真：010-84045799（总编室）

网　　址：www.taimeng.org.cn/thcbs/default.htm
　　　　　E-mail：thcbs@126.com

经　　销：全国各地新华书店

印　　刷：山东韵杰文化科技有限公司　印刷

本书如有破损、缺页、装订错误，请与本社联系调换

开　　本：880mm×1230mm　1/32

字　　数：177 千字　　　　印　　张：8.75

版　　次：2018 年 1 月第 1 版　　印　　次：2022 年 12 月第 8 次印刷

书　　号：ISBN 978-7-5168-1297-6

定　　价：49.00 元

目录

序　言

沉入地心，或者飞向太空

贾樟柯

　　飞机降落敦煌机场的时候，我似乎闻到了一股沙土味。舷窗下是一片未完工的工地，灰色的楼体被风沙缠绕，像筋脉粗壮的脖颈上飘着一块金色的纱巾。风沙成了这块土地上最柔软的部分，机场跑道在一片旷野上更显人工的痕迹，人像是外来者，在这里搭建了基地，一代一代活着。

　　不知道为什么，每到人口密度不高的地区，就会让我想起小时候听收音机里播放《国际歌》的感觉。70 年代末，冬天的汾阳人迹稀少，《国际歌》在清寒的街巷上响起，大合唱总有一种抽身世俗之外的"杀气"。现在，我开始觉得《国际歌》非常科幻，"起来，全世界受苦的人"是人类学的宏观视点，并延伸出人类的系统性问题。人在这地球上，为什么会有奴役，阶级，贫富，人是如何管理自己的？人为什么要被管理？

陌生之地总会带给我精神的穿越：回到过去，去到未来。沉入地心，或者飞向太空。短暂的出走会让我和自己固有的生活告别。离开熟悉的朋友，离开说来说去好多年的话题，离开自己的专业，离开自己深信不疑的精神系统……出走是自我叛逆的契机，让自己流动起来，悬浮起来，倒置起来，让自己颠覆自己。

就像现在，风沙中的敦煌让我想到了《国际歌》。但在当地制片老何的车里，放的却是凤凰传奇的音乐。我们一路往嘉峪关的方向开，要找一片雪山下的戈壁，那里有绿皮火车通过。老何一直埋怨我搭错了飞机：嘉峪关也有机场，为什么不在那里落？那样可以节约300公里的路程。老何不知道，我是信马由缰的心态，目的地不是最重要的目的。一路穿越"瓜洲"、"玉门"，这些古诗词里出现的地名依然是现实的存在，除了一条细线一样伸向远方的高速公路，以及偶尔驶过的通勤火车，人类并没有在这里留下太多的痕迹。沙漠里依旧是一片孤城，天空中应该还是当年明月。

只有在广阔中行走过，才能知道人的渺小。只有在历史中神游过，才能知道人生的短暂。行走和遐想，会帮我们清空身外之物，发现自我之小。持续的学习和思考，一直在帮助我压抑自我的膨胀。知道真理不容易在手，也就不再强词夺理。知道万物有灵，也就不再唯我独尊。一点一点，是持续的行走、读书、思考，让我变小。是的，只有谦虚才能帮我保留体面。

在一片戈壁上我们找到了雪山前的铁路线，副导演秋森和同事佳欢纷纷用手机定位，希冀摄制组来拍摄的时候可以准确到达。老何看着他们，然后搬了块石头扔到我的脚下。这是他在戈壁滩上的定位方法。你如何区别这块石头和十公里外的另一块石头？你会记得它吗？老何对着我笑，他说：你放心，这是我的方法。

我相信他，就像这本《贾想Ⅱ》收录有我从 2008 到 2017 年所写的十几万字的文章，但我记得写每一句话，写每一个词时的心境。这些文章犹如老何丢在戈壁上的石头，告诉我去过何处，身在何方。

河上的爱情

2008

〈故事梗概〉

　　毕业十年，天各一方的四位大学同学再度聚首。

　　时间并没有让他们疏远，彼此也从未陌生。十年前的陈旧话题，今天还能有新鲜的争吵。那些往事从未放下，散落的感情也没勇气拿起……

　　就像遍布苏州的河流，他们保守着内心的秘密，如河水一样静默，也如河水一般汹涌。

〈导演的话〉

　　一座古老的城市，它的精巧的园林、纵横的河流，我们能看到古老文化的蛛丝马迹。两对男女、曾经的恋人，十年后重逢，言语之间还能闻到曾经青春的气息。

　　在这座有了网络的古城，我们还有没有爱的可能性？

我的边城，我的国

　　我上电影学院时已经二十三岁了，同级的大部分同学都高中刚毕业，他们和我相差五岁。我知道我没有多少青春可以挥霍了，二十三岁的人在我的家乡早就结婚了，或许已经有了小孩。那时像我这般年纪的朋友都喜欢留胡子，为的是一家三口，骑自行车穿行县城时有个户主的模样。

　　在学校，我没有了呼朋引伴的热情，甚至没有兴趣去运动。我丢掉了清晨弯腰压腿打拳和下午踢足球的习惯。人看起来安静了下来，其实是现实让我打不起精神，未来又让人焦虑。

　　每到夜幕降临，看同学们涌出校门与不同的际遇约会，就知道生活对他们来说还新鲜。我却觉得自己老了，晚上自习室成了最好的去处，那里可以抽烟，就拎一卷儿五百字一页的绿格稿纸，拿一支笔坐在里面，点烟，落笔。自习室里人不多，个个模样凄苦，一看就是电影学院少数几个没有爱情在身的人，我们落魄，像书生。

当粗宽的笔在同样粗宽的绿格子纸上行走，渐渐就会忘我。忘我则无欲，也就勉强有了幸福感。他们是青春做伴，而我有往事相随。每一次拿着笔面对白纸，思绪就不由得回到家乡，那遥远的汾阳——我的边城，我的国。

我在那里长到二十一岁，曾试着写诗画画。生活里的许多事像旷野里的鬼，事情过了他还不走，他追着我，一直逼我至角落，逼到这盏孤灯下，让我讲出事情来。那时，我开始写《站台》，写一个县城文工团 80 年代的事情。80 年代的文工团总有些风流韵事，80 年代我从十岁长到二十岁。从那时到现在，中国社会的变化比泼在地上的硫酸还强烈，我搞不清我为什么会如此矫揉造作，内心总是伤感。

每次落笔都会落泪，先是听到钢笔划过稿纸的声音，到最后听到眼泪打在纸上的滴答声。这种滴答声我熟悉，夏天的汾阳暴雨突至，打在地上的第一层雨就是这样的声响，发白的土地在雨中就会渐渐变黑。雨打在屋外的苹果树上，树叶也是沙沙的声响。雨落苹果树，树会生长，果实会成熟。泪落白纸，剧本会完成，电影也会诞生。原来作品就像植物，需要有水。

剧本写完，五万字，一百五十多场，粗算一下需要三个月拍摄才能完成，就想拍成电影遥遥无期了。好像美景总在远处，失意的人总爱眺望。傍晚趴在宿舍窗户眺望远处，北影明清一条街灯火辉煌。心烦意乱之时，披了军大衣，溜进北影看别人拍电影。

寒冷中一堆烈火，元家班兄弟正在拍《方世玉》。突然哭声传来，定睛一看，李连杰背一个婴儿，手拿武器，在烈火前表演武打。

那时候票房的保证叫"拳头加枕头"，想到自己刚刚写的那些文字，究竟会有谁愿意投钱变成银幕上的真实，便又断了拍片的念头，心里暗想这些文字或许将来可以出书变成小说。一晃到了毕业时分，宿舍里更加空荡，有人成群结队去拍毕业作品，多数人消失在城市里。我一个人守着六楼空荡荡的楼道反复来回，独听自己的脚步声，这氛围像柯恩兄弟的电影《巴顿·芬克》。

春节临近，照样得归乡。这一年北京到太原的高速公路还没修好，坐火车十四个小时，辗转回到汾阳。进了县城就见两边店铺都写了大大的"拆"字。回家落座，父母欢心。我一个人在阳光下发呆，爸妈在厨房里炒菜。这样烟熏火燎的午后，是我记忆中最美好的时光。一家人围坐，几盘小菜，我讲些外面的见闻。父亲说：你回来得正好，县城要拆了。

放下碗筷，飞奔进县城，看这些有几百年年龄的老房子，想这些我从小在里面进进出出的店铺马上就要烟飞云散，心里一紧，知道我所处的时代，满是无法阻挡的变化。就像康、梁的晚清，就像革命之于孙文一代，白话之于胡适等人，每个人有自己的时代，每代人都有他们的任务。而今，面对要拆除的县城，拿起摄影机拍摄这颠覆坍塌的变化，或许是我的天命。那一年，我二十七岁。

回家，又是孤灯。写作真的像长跑，从第一个字到最后一个字，从第一个人物出场到他的命运终结，这个过程要一笔一划写出来。没有人能够帮你，就像在长跑的路上，可以有人给你加油喝彩，但脚下的路仍需要你一步一步走过去。写剧本也一样，就见桌上的稿纸展开撕掉，再展开再撕掉，终于写下一行字："靳小勇的朋友，胡梅梅的傍家，梁长友的儿子，小武。"这片名的笔法学自"文革"时候的《人民日报》文章，当时揪出"反动派"要抓住他的人脉，而这变革时代，变革的也是人与人之间的关系。这个片名虽好，但长了一些，最后把前面的定语划去，只留下人名：小武。

写完之后怀揣剧本，骑自行车去了邮局。在长话室里等国际长途，接线员接通我的某香港小资朋友，跟他说我要拍《小武》，问他是否有兴趣投钱。事情突然，把他搞得有些莫名其妙。他让我把剧本寄过去再说。从长话室出来，才发现我的县城到底是现代化了，邮局居然也有了传真机，便痛下决心花费五百，把剧本传真到香港。第二天再挂电话，香港朋友说他喜欢《小武》，决定投拍。

《小武》4 月 10 号开拍，就像女人不会忘记生孩子的日子，这日子永生难忘。4 月的县城还冷，剧组一行烧香磕头。我在烟雾缭绕的街头跪下，敬天地鬼神、往来神仙、祖师爷唐明皇、朱元璋及卢米艾尔兄弟。这仪式让我确定，这一次真要将文字变成电影了。《小武》拍完，我在这条道上走得还算顺利，于是 2000 年顺势拍了《站台》。到底难脱革命文艺青年的好大喜功，想想《小武》和《站台》都是关于我家乡的故事，便琢磨着再拍一部，凑个"故乡三部曲"，远的学一下高尔基《童年》《在人间》《我的大学》，近的学一下巴金《家》《春》《秋》。

进入新世纪，电影果然也到了多事之秋。先是铺天盖地的盗版 DVD，让每个普通人都可以分享电影文化。接着 DV 盛行，独立电影一时热闹起来。韩国全州电影节为了实践新技术，在全球选了三个导演，给钱让我们用 DV 拍三十分钟短片，命题作文叫《空间》。我便去了塞外，在大同游走煤矿矿区，感受那些计划经济时代的公共建筑。那些 50 年代建造的煤矿、工厂、宿舍，散落郊野，它们过去曾经繁盛辉煌，如今走进新时代却万分落寞。推开工人俱乐部的大门，里面座位千席，可以想到过去群众集会时的热闹，如今灰尘密布，人去楼空。在大同常见孤独年轻人，来来往往独自前行。他们大不同于我的少年时代，那时候我们呼朋唤友，大酒大肉，出入城乡横行霸道。而这些孩子戴着耳机，穿一身运动服，在街道上匆匆而过。网吧里一片键盘声，他们用电脑与世界连接，而彼此咫尺相邻，却从不互相说话。他们有逍遥的生活，也有无法逾越的限制。我想好了，就在这城市里拍一部电影，拍年轻人。

凡事皆有机缘，回北京长途车上，偶翻报纸发现东北发生少年抢劫案。少年抢劫犯知道此去危险，想为母亲写几句话，却不知如何落笔，便抄了任贤齐《任逍遥》的歌词，算是写给母亲的知心话。我没听过这首歌，但这一笔让我感慨万千。一下长途车，便奔到音像市场买 CD 回家聆听。听后才明白，一定是其中一句打动少年心：英雄不怕出身太淡薄。这一句就像在说我，一个县城小子也拍出了电影。对，青春的力量就在于不满现实。

　　这"故乡三部曲"的确是我不满现实的结果。汾阳,躲在吕梁山里的我的边城,那里的日日夜夜,无数难忘的人和事,让我落笔下去变成了电影。这电影又是我的国,里面一人一事、一草一木都是我的世界。

　　承蒙山东画报出版社愿意出版"故乡三部曲"的剧本和相关评论,在此谢过。再翻文稿,感慨良多。我常自问,喜欢艺术究竟为何?其中原因从未交代,我愿自供。我会写下去,是因为很多事情尚未改变,我和他们还没有和解。看,这是我最喜欢的自画像——典型的傻叉文艺青年。

　　　　　　　　　　　　　此文为《贾樟柯故乡三部曲》序言

其余的都是沉默

　　我的老家山西汾阳是一个县城，地方不大，农业气息很重。每到夏天，我都要帮村里的同学麦收。一大早到了田间地头儿，就有人发给你一把镰刀，指着眼前看不到边的一片金黄色说：这一片是你的。

　　人在这时候显得异常渺小，在麦浪的包围中，远远望去，任何人都只是小小的一个黑点。日落时分，努力直起弯曲太久的腰身，一边抹着汗，一边把目光投向远处。远处逆光中，柴油机厂的烟囱正高傲地冒着白烟。我就明白，为什么人们都争着进工厂当工人。

　　"修理地球"真苦，这是肺腑之言。那时候，工人虽然也是劳动者，但却是和机器打交道，有技术，吃供应，有劳保，还是

"领导阶级"。

县里工厂不多，那时候三四百人的柴油机厂，一两百人的机械厂已经算是大厂了。70 年代末，县城里有谁家的孩子能进到工厂里工作，对全家来说都是一件荣耀的事情，因为这意味着每月稳定的工资，意味着暑期的时候会发茶叶、白糖，冬天的时候会有烤火费。也意味着家里人可以去工厂的浴室洗澡，每个月还发若干双手套和几条肥皂。我们这些孩子，也可以拿着过期的假票，跟着哥哥姐姐混进职工俱乐部去看《佐罗》。当工人也有上夜班的辛苦，但早上回家时可以顺手扯一些棉纱，放在自行车坐垫下擦自行车。可以顺手为家里磨几个不锈钢把手，或者打一把菜刀，为自家的电表顺一卷儿保险丝回来。

以厂为家的观念让大家变得公私不分，人们也乐在其中。厂里的福利房，将来铁打不变的退休金，都不只是物质好处，而是一个阶级的内心骄傲。

但，这个世界有什么是铁打不变的呢？

我有几个同学在高二那年，因为县柴油机厂招工，都辍学离开学校，进工厂当了工人。那时候 80 年代，一个学生能够早日走入社会，挣一份稳定的工资，能够去到围墙里头，在有灯光篮球场的柴油机厂上班，真让无数同学羡慕。但到了 90 年代中期，我还在北京读书的时候，突然我的这些同学都下岗了。工厂在转制，停工，当时只有二十五六岁的他们拿着一两百块钱的低保流落社会，变成浑身力气但无事可做的人。

有一年冬天回老家，看到我的一个同学和他厂里同班组的几个兄弟，在为一家人挑煤。那时县城还很少集中供暖，家家户户要烧煤过冬。一卡车几吨煤拉来后倒在街上，这些兄弟帮着把煤从街上挑到储煤的炭房。挑完一车煤，也就能挣十块二十块，还要三四个人分。但不干这些又能做什么呢？有人去卖衣服，有人去当保安，有人在家里面打麻将，然后升级开家庭赌场。也有人犯罪，被通缉，流落异乡，至今不知身在何方。

我自己没有在工厂生活过一天，也没有在体制里讨过饭吃，但这种国营工厂凋敝所带来的影响，工人从一个社会的领导阶级被边缘化到了四处打散工的境地，这种心理的落差我完全能够理解。那个时候，从工厂下岗的同学对我说：我们的境遇还不如农民，农民还有土地，有一年四季的收获，播种时有收获的希望。但危机之中的工人，或许真的就像《国际歌》里面唱道的：我们一无所有。

2000 年前后，我特别想拍一部关于国营工厂，关于中国社会从计划经济到市场经济转型，关于转型之中工人处境的电影。我写了一个剧本，名字就叫《工厂的大门》。法国卢米埃尔兄弟发明电影以后，他们拍摄的第一部影片就是把摄影机放在雷诺汽车公司的大门口拍那些上下班的工人。我从事的这个行业，最早出现在银幕上的人物是劳动者。这是一个双重的伟大传统。一方面电影开端于纪录美学，另一方面人类第一次用电影摄影机面对我们真实的生存世界，第一次就把焦点对准了工人，对准了普通劳动者。电影史上，有无数这个主题的电影让我激动不已，像《偷自行车的人》。

剧本写完之后，我又犹豫起来。这个剧本写两个年轻人，同一年入厂，在同一个师傅手下干活，同一年成为劳模，也同一年恋爱，几乎前后生子，但也同一年下岗，同一年在宿舍里面无所事事，打麻将酗酒。渐渐地孩子大了，两个家庭决定一起去做生意。他们在市场里面摆了一个服装摊，一起早出晚归经营这个小小的生意。但随着时间的推移，因为钱的问题两个和睦的家庭开始有了猜忌。剧本写完之后，我得意了几天。但是冷静一想，觉得这部电影里面的主题，除了社会层面问题，诸如工人生活困顿之外，还有什么更多的东西吗？我觉得工人这样的群体，他们在体制里面的生存经验一定会有更多的可能性。这个剧本被我锁在抽屉里，一直没有拿出来。

2006 年年底，有一天新闻里讲：成都有一家拥有三万工人、十万家属的工厂"成发集团"（又名"420 厂"），将土地转让给了"华润置地"，一年之后整座承载了三万职工十万家属生活记忆的工厂将会像弹烟灰一样，灰飞烟灭，而一座现代化的楼盘将拔地而起。从国营保密工厂到商业楼盘的巨大变迁，呈现出了土地的命运，而无数工人生生死死、起起落落的记忆呢？这些记忆将于何处安放呢？

这条新闻提示给我，新中国五十年的工业记忆需要我们去面对。曾经为了让国家富强，个人幸福而选择了计划经济体制，但五十年来我们为这个试验而付出的代价是什么？那些最终告别工厂，孑然一身又要重新寻找自我的无数个人，浮现在这条新闻背后。我一下子感到这是一个巨大的寓言。从土地的变迁，从计划经济到市场经济,从集体主义到个人。这是一个关于体制的故事,是一个关于全体中国人集体记忆的故事,我毫不犹豫地去了成都,徘徊在这家工厂周围,决定一部新电影的拍摄。

去成都之后,从飞机场出来,路上可以看到霓虹灯下闪烁着的广告牌,上面写着:成都,一座你来了就不想离开的城市。有关成都的传说是:这里物价便宜,女人美丽,私生活可以腐朽,生活节奏缓慢。

到了工厂所在地草桥子,在 420 厂边徘徊的时候,我看不到任何的惊心动魄。在冰冷的水泥铸就的二环路旁边,一边是围墙里面依然需要检查工作证才能出入的厂区,另一边却是一幅世俗的场景。一排排六层居民楼构成的工人宿舍区里人来人往,灰色的六层楼下面都是改建的小商铺:卖熟食的、发廊、麻将室。有拍摄婚礼录像的,也有卖墓地的,有卡拉 OK,也有裁缝铺。生老病死都可以在这个院子里完成。到下午 3 点以后,阳光渐渐变得温和,宿舍区宽阔的街道人头攒动,四十多岁不算老也不算年轻的人,和那些已经满头白发的老人混杂一起,坐在路边开始打麻将,仿佛周围发生的一切都与他们无关。人生的波澜壮阔都在哗啦啦作响的麻将里面。这些曾经手握螺丝刀的手,这些曾经目不转睛凝视着车床的眼睛,这些曾经出入在图书馆、实验室的身影,如今聚集街头,呼啸牌场。他们会偶尔抬起头望一下我这个过客,然后又把注意力收回到牌桌上。

我在这里面穿行,像穿行在一个静止的世界。不远处市中心灯火辉煌,GUCCI、阿玛尼,各种各样的品牌店拔地而起。成都有全中国最大的 LV 专卖店。而在宿舍区，这里牌桌上的输赢只是在一块两块之间。当夜幕降临，人们各自回到家里面，我想这块安静的社区里面又埋藏了多少的不平静。

我决定拍一部纪录片，去接近这些师傅的面孔，去了解他们埋藏在内心深处的话语。在《成都商报》的帮助下，我们连登几天广告，寻找愿意讲述工厂经验的工人。某一个下午我自己去接热线，当约定的时间到来的时候，那几部红色的话机突然铃声四起，我在慌乱中一个接一个地接起。很多电话刚刚接通，那边没说几句话已经哽咽不止。听筒这边，我分明还能听到对方是在一个寂静的房子里面讲话。我能够想象，或许他的爱人正在外面打麻将，或许他的儿女这时候正在课堂上为高考拼搏。而一个孤独的中年人，他一个人坐在自己的房间里，拿起电话拨某个号码的时候，才愿意讲述他长久以来不能说出的心事。

这些工人师傅和更多的中国人一样，他们离开工厂，但还有一个家庭可以接纳他的生活。每一个人在家庭里面都在尽量地维护家庭的快乐，特别是在年幼的孩子面前，他们从来没有眉头紧锁，他们从来没有把自己的焦虑跟夜不成寐的那些压力变成一种家庭气氛。每一个家庭还都有餐桌边的欢声笑语，人们在议论昨晚电视剧情节中度过一个又一个平静的日子。而在无人的时刻，他们有了眼泪，他们有了无法说下去的故事。我迅速地登记好了这些想要讲述的工人师傅的名字和他们的联系方法，然后开始了采访。

进入到工人师傅的家庭，仿佛回到了 70 年代末和 80 年代初，几乎所有家庭的装修都是一致的。黢黑的水泥地，黄色的双人床，衣柜、立柜、沙发、墙上交叉挂着的羽毛球拍和钉子上挂着的洁白的羽毛球。所有的物质都停留在了 80 年代。唯一能够提示当代气氛的是孩子们的相片。那些穿着耐克、染着黄头发，工人师傅的下一代。他们在照片中冲着我们微笑，无忧无虑。

当摄影机面对这些工人师傅的时候，往往他们激情澎湃的讲述都是关于别人的。我不停地追问：您自己在那个时候在做什么？几乎所有的工人师傅都在说，你不要问我的故事，我很平淡，没有故事。五十多年的集体生活对一个人的改变，并不是那么容易就能够更改。在过去，每个工人都认为自己处在集体里面，是这个集体的一部分，是机器上的一个螺丝钉。而今天，当他们再也不用与其他几千几万工友穿着同一款工装，同一个时间涌进厂门的时候，当他们坐在各自的客厅里，去讲述自己的生活的时候，这是一些活生生的个人。但是把话题带入到个人的讲述，是一个很艰难的事情，它让我知道，过去的体制生活是多么深刻地影响了一代又一代的中国人。

每一次访谈将要结束的时候，都伴随着很长时间的沉默。在这本书里，白纸黑字，句句都是过往的真实生活。但是我一直在想：在这些工人师傅讲述之余，在他们停下来不说话的时候，又有多少惊心动魄的记忆隐没于了沉默之中，可能那些沉默才是最重要的。

我相信大家看这本书，也能看到那一片沉默。

此文为《中国工人访谈录》序言

舌根上的乡愁

在南京买了火车票，随着人流上车，目的地：上海。

站台上安静地停着白色的动车"和谐号"，雨中，人从四面八方来，进入车厢，车厢里声音不算太大，有人看电脑，有人翻晚报，晚报上照例会有凶杀偷情、股票指数以及长久不衰的男科医院的广告。因为不算是远行，很多人更是办完事当日便回，于是站台上缺了分手离别的戏码，没有人泪眼涟涟送别爱人远行，似乎这个世界上从来没有生离。就连北方车站常备的乐曲《地久天长》都欠奉，动车静悄悄地启动，告别城市，驶向田野。

但这条铁路线上，何止生离，又有多少死别。每次从"民国首都"南京出发，在车上看西装革履、正襟危坐的诸君，看他们江浙人的脸，便想如果人人再戴顶礼帽，或许眼前就是 1937 年的列车了。

从南京、从苏州、从上海周边的城市向上海进发。这条路让我浮想联翩，这些行走在宁沪杭的人与那些民国年间奔走在这条线上的人，他们所见的可是同一个山河大地？或许，胡兰成在南京开完会，会穿一袭长袍，在这沪宁路上计算着接近张爱玲的距离；或许，戴笠穿了便衣，手里紧握着他的皮包，在列车的晃动中，盘算着如何向杜先生开口。民国，是江浙才俊的天下。而此时此刻，"和谐号"上的江浙人又有怎样的爱情？怎样的生意？怎样的隐衷？怎样的抱负？

不同的是，几十年后这条铁路提速了。白色的"和谐号"靠在上海站的时候，忽然想起上学时，班上有一个上海同学，大家喜欢当着他的面讲上海人的笑话。先把北京人贬损一下，说北京人把外地人都当"下级"，而上海人则把外地人都叫做"乡下人"。

70 年代末，我父亲的学校要组建一支乐队，要他出差去上海买乐器。那时候出门要开介绍信，换全国粮票，出远门是件惊天地的大事。上海回来后，我父亲谈论最多的是上海的饮食，他说吃不惯上海菜，说：上海菜太甜。我的上海同学叫顾峥，他到北京来一开始不能吃羊肉，说那股膻味，让他受不了。是不是这就是南北差异？

1997 年，我和他一起去上海看电影节，让我惊异的是，那时候的上海满街都是红焖羊肉的店子。顾峥也很久没有回家了，一边走一边喃喃自语，"怎么这么多羊肉？"他很自信地带我去找公共汽车站，结果发现很多车站已经迁走，一年不见，上海和他见外了。以前熟悉的公交系统，如今冷落了他，让他失落。他不肯像"外地人"一样问路，买了一份新版的地图满头大汗地自己找，我和他开玩笑：你是上海人吗？

他沉默，他已经不认识这个比孙悟空变化还快的城市了。后来他立志考学，中戏博士毕业后留在了北京，很少回上海。每到梅雨季节，他就会说，"太潮了"，这是他不愿意回上海的理由，还是他思乡的借口？

这次到了上海，夜间无事，我一个人沿着马路往前走，竟然发现有好几家兰州拉面，间或在梧桐树下隐隐约约出现的卖沙琪玛的新疆人，他们一起构成了一道超现实的景观。在我的常识里，泡饭是上海人钟爱的主食，谈到面条也应该是葱油拌面与阳春面构成的绝对权威。这么多的兰州拉面，它们的食客是谁？为什么会有这么多来自西域的兰州面馆如雨后春笋般在上海街头落户，上海人胃口变了？我不得其解。

夜深人静，细雨飘落，远远地看到一家拉面馆，蓝色的灯光依然闪亮，门口的火炉青烟弥漫，让我想起张爱玲对上海的描述：人已进屋，弄堂口的火炉里还飘着一缕青烟。望着这上海滩上的兰州，我不由得迈步而入，小店倒也清静，没有一个食客。点了一碗拉面，热气腾腾，非常地道。我想，如果我是兰州人，这四堵围墙在上海滩就为我围起了一座故乡，舌根上有最顽固的乡愁，有识别我们不同基因的密码。

现在的上海，随处可见其他菜系的餐馆：粤、湘、鲁、川，还有新晋的兰州拉面……不同菜系的餐馆林立，说明有不同的人涌入到了这座城市，而这些餐馆也变成了他们的"故乡"。这座城市如今性格里多了些包容，这种变化并不需要去看档案做调查，只要看看满街的各色菜馆，就会明白。

以前，在电影界有一个故事。据说，某上海摄制组关机的时候聚餐，制片主任站起来高声说，"各位，今天我们一定要一醉方休！"然后回身对服务员说，"小姐，请上一瓶啤酒。"

今天的上海一定编不出这样的故事了，只是不知道现在如果顾峥回到上海，面对不同的菜馆，是不是会觉得上海不见了，那他又去哪里找他的故乡呢？

原载《中国周刊》（2009 年第 01 期）

香港电影给我旧闻与新知

我最早看到的香港电影都是由中资电影公司拍摄的，像凤凰、中原、长城这样的制片单位。那时候是 70 年代末，刚刚开始改革开放，我还是个孩子。

"文革"前后有一个政治运动，叫做"破四旧"。在当时的狂热观念里，封建文化都是糟粕。孔庙会被砸破，古籍会被焚烧。这些运动切断了我们这些孩子与中国古代的联系，以及我们对古代的想象。对我这种 70 年代出生的孩子来说，一睁眼看到的就是城市里无处不在的红旗，接受的是"阶级斗争"哲学，学习的是《毛主席语录》和《在延安文艺座谈会上的讲话》。在这种革命文艺的新世界中，是没有过去、没有古人的。

但"文革"一结束，就有一些香港中资企业拍摄的古装片被允许在内地发行了。当时有一部黄梅调电影，故事是经典的传奇"唐伯虎点秋香"，片名叫《三笑》。用香港话来说，它是一个"勾女"的故事，讲风流才子唐伯虎和大户人家的貌美丫鬟秋香之间的爱情故事。在当时内地严肃的话语氛围里，能允许这样的古装喜剧放映，一下子让年轻人从中找到了世俗娱乐的感觉。电影里很多幽默的细节、对白、爱情滋生的情节，都让我们在街头津津乐道。其中有一段唱词在当时家喻户晓，连我们这群六七岁的孩子都会唱："尊一声二奶奶，听我表一表，华安本是块好材料……"

当时我并不能理性地理解自己为什么会喜欢这样的香港片，但是今天回想起来很简单，因为世俗生活里的男欢女爱出现在了电影里，而且它跟历史有所连接。它讲述明代的故事，有对古代社会的想象。我们那时候对于古典文学的阅读，仅限于《红楼梦》和《水浒传》。在阅读的过程中，仍是从阶级斗争的角度来认识的。所以当我们看到港片中有对古代世俗社会的呈现，甚至会讲述像《三笑》这样的爱情故事时，自然对这种面貌焕然一新的电影有足够的好感。

后来上映的是《画皮》，之前我们没看机会看到恐怖片，也无法接触到鬼怪传说。因为鬼怪故事也被认为是封建主义的糟粕，连《聊斋志异》这样的经典小说也被列入不允许阅读的范畴。所以《画皮》一上，风靡一时。当时，成为男女青年谈恋爱的必选电影。因为，这部电影制造的恐怖气氛往往会让女孩子害怕，在电影院的黑暗中，在恐惧的气氛下，女孩子会不由自主地去拉男孩子的手，这时男孩子很满足于以强者的形象出现，并且突破界线,和意中人有了肌肤的接触。真不知道《画皮》促成了多少爱情。

1949年后,新政府提倡无神论,风水阴阳、鬼怪、狐狸精、民间传说……所有东西诸如此类的都被禁止。但当《聊斋志异》中的一个章节被演绎成电影《画皮》,作为香港电影引进内地之后,却衔接起了我们这一代人与被割裂的传统文化之间的关系。

当时,另外一部让我印象深刻的香港电影是《审妻》。它以隋朝末年隋炀帝的腐朽生活为背景,讲述隋朝的一个官员王日成与瓦岗寨有所勾连,因为他妻子的美貌受隋炀帝垂涎,他与隋炀帝展开了智慧较量。时间久远,这部电影具体的故事情节我已经有些模糊,但却记住了其中的惊险段落、宫廷腐朽生活,特别是其中的性暗示场面。

我觉得香港电影弥补了我这一代中国观众知识结构的不足。香港电影让我们在了解中国传统民间社会的同时,学会了尊重世俗生活和人们的娱乐需要,而这些东西是很长一段时间中国内地电影最缺乏的。

原载《中国周刊》(2009 年第 02 期)

香港：就这么简单

80 年代初，我父亲在县里的中学当语文老师。他有一个同事是广东人，我不知道是什么原因让他从遥远的广东来到内陆。或许他是一名知青，因为插队来到山西汾阳。也可能是他的出身不好，是地主或者资本家的后代，政治运动的狂飙将他裹挟而起，让他辗转流落此地。

从外表上看，除了颧骨高点，这位广东叔叔已经和山西本地人没什么两样，但在心理上我还会把他当做外地人。或许是因为都教语文的缘故，广东叔叔和我父亲非常要好。每到星期六下午他就会来到我家，与我父亲高谈阔论。那时候"文革"刚刚结束，改革开放的春风吹走了第一批人。上海有很多人开始出国寻亲，北京也开始有人自费留学。两个县中学的语文老师在午后的残阳里谈论着城市里发生的事情，有一天广东叔叔很严肃地和我父亲谈起了他的广东老家，沉默良久他才说：要是工作调不回广东，我就去香港，我有很多亲戚在那里。

那时，大街上到处是"解放思想"的标语，但他们说到这个话题的时候，还是压抑着声音，仿佛这是"叛国"的秘密，唯恐被别人知道。是啊，英国占据的香港是一个多么神秘的所在，在人们的印象中那是一个与"鸦片战争"联系在一起的花花世界，那是传说中的资本主义城市：满街灯红酒绿中，盛开着被大陆禁止的一切。广东叔叔说他想出去看看，他的话有些惊吓到了我父亲，父亲一直劝他耐心等待工作调动，安心内陆山西的小城生活。

没过几天，广东叔叔的儿子突然失踪了，他的儿子比我的年纪稍大两岁。那时候电影院刚刚放过《少林寺》，报纸广播里常有孩子离家出走，去少林寺拜师学艺的报道。学校的老师按照这个思路推理，判断广东叔叔的儿子也是遁空门而去了。大家兵分几路去省城太原火车站，甚至跑到郑州寻找，最终都没有孩子的消息。没想到过了不久，广东叔叔的儿子被公安押回了汾阳。原来他一路辗转竟然去了深圳，他想游过深圳河，去到对岸，去到香港。那时，我在汾阳县城能见到的最大的水面，也就是公共澡堂里的浴池，我真想不明白广东叔叔的儿子是怎么学会游泳的，更不可思议的是从小在山西长大，满嘴汾阳话的他，为何有着比他父亲更强烈的游到河对岸去的冲动？

后来县城开始有了录像厅，放映的大多是香港电影。我终日沉溺于此，在香烟缭绕的黑暗屋子里通过电影去了解香港。那是吴宇森《喋血双雄》、《英雄本色》里的城市：招牌密集，人来车往，帮派林立，歌舞升平。码头上货柜往来，街道上警匪枪战，美女、假钞、毒品、游艇、电子手表、尼龙 T 恤，还有必不可少的夜总会里传来的流行歌，这些构成了我对香港全部的想象。

我身边真的开始有人出国了，他是我们的小学校长。我就学的汾阳实验小学以前是狄青庙，抗战时候成了侵华日军驻汾阳的一个据点。在据点里当过兵的几个日本老兵出面邀请，校长一行便踏上了"中日友好之旅"。校长考察回来春风得意，站在学校操场的土台上为师生们讲他的出国见闻。他的开场白深受《新闻联播》的影响，他用庄重、喜悦的口吻讲道：我们一行从北京首都国际机场出发，乘搭中国民航第多少号航班前往日本首都东京。飞机一声长啸，甩开大地，向一衣带水的友好邻邦飞去。让全校师生爆笑的是他初到日本的描绘，校长的声音提高了八度，他接近于喊叫地说：你们知道吗？一出东京机场，首先映入眼帘的是一辆接一辆的日本进口车。

我第一次有机会出去看看已经到了 1996 年，那时候我的短片《小山回家》应邀去香港参加独立短片展。一接到入围通知我便四处化缘，准备凑足盘缠去见识一下香港。那时候香港尚未回归，我也还是学生身份，如何赴港成了大难题。得一位搞旅游的姐姐指点迷津，她说：马来西亚、新加坡、泰国是中国政府允许的旅游目的地，这几个地方的旅游签证容易拿到。如果你有一本中国护照，再有这三个国家其中之一的签证，你就可以从香港过境停留七天。我连忙申请护照，拿到马来西亚签证后和我的一个香港同学一起乘飞机抵达了深圳。

从罗湖出关的时候，我的香港同学从旅客稀疏的香港居民入口进去。我一个人被稠密的人流裹挟，沿着大陆居民通道前行。没有想象中手持武器的士兵，也看不到森严的铁丝网，过关的人流中年轻人很少，大多是老人和妇女。我发现很多人拉着小旅行车，车里面放着几捆青菜，仿佛持护照、通行证过关去香港只是为了送菜。所谓的边防口岸居然如此日常。我不由得想起广东叔叔的儿子，据说当时他被边防军人抓获时还挂了彩。他们一家后来终于调回了广东，然后就失去了联系。我们乘火车到达红磡火车站，香港同学把我带到了传说中的油麻地。我同学的父亲是60年代划船从海南岛偷渡到香港的，如今他把我安排到庙街附近的香港海南同乡会居住。正是傍晚时分，我趴在窗口上看油麻地如织的广告牌，那些繁体字招牌在夜幕中闪着霓虹光芒。这些繁体字是我熟悉的，我在颜真卿、柳公权的字帖里早已拜读过，不知为何会有一种莫名的好感。但走出去一到街上分明是一个陌生的所在，满街听不懂的广东话与英语不时提醒我已身在异乡。

我很快被街上的找换店吸引，几乎每条街上都有不止一家写着"Money Exchange"的找换店。狭小的门脸儿里交换着美元、英镑、马克、港币。金钱就这样在大街上明目张胆地交换，各种货币就这样自由流通。这是大陆没有的景观，这不就是资本主义吗？我像梦游一样沿着弥敦道游走，庙街传来丝竹之声，寻古音而去，一些临街商铺是专门唱粤剧的会馆。街道上人的密度真高，擦肩而过时甚至会触碰到别人的皮肤，从旺角的女人街、庙街的自由市场、佐敦的国货店，一直走到尖沙咀。夜色中海面上往来着摆渡船，人来人又去，此岸又彼岸。多年之后，我还是喜欢九龙多于香港本岛。那一片连接着大陆的土地上龙蛇混杂，港口里货船进进出出，茶楼酒肆里人声鼎沸，人们饮茶，吃饭，翻报纸，说闲话。疲惫倒也生机勃勃。在油尖旺一带闲逛，我常渴望遇到一场吴宇森电影里的枪战，我在人流中分辨谁是黑社会，谁是暗探，谁是国际通缉犯。明月依旧照尖东，但终究什么都没有发生。

以后我有机会前往世界各地旅行，还是保留了从香港出港的习惯。无论去巴黎、纽约，或者曼谷，我都会从香港出发，然后再回到香港。我有七天的过境期限，我可以享受七天的资本主义生活。在香港我养成了买书的习惯，我常常买两瓶水，带几本书报杂志回到酒店，然后彻夜阅读。香港成了我的一小块精神自留地，有时间就飞过去读书看报看电影。

九七以后，香港街上的大陆同胞逐渐多了起来。服务员也开始学说普通话。去太古广场或者是圆方，抑或海港城附近，仿佛去了王府井。一边会突然有重庆阿姨的喊声，另一边是东北大哥在打电话。当然还有上海人，突然会愤懑地说一句：册那！前几天再去香港，早晨下到餐厅吃饭，那里已经高朋满座。往往是一个香港移民或者投资顾问面对一个大陆家庭。他们热烈讨论着股票，投资，移民。在杯盘刀叉的声音之外，时常听到大陆客突然高声说：钱不是个问题。然后香港顾问简短而肯定地回答：就这么简单。

香港的确在变，它的商业外观已经不再吸引我。上海、北京不也同样的商业气息吗？但资本主义不只商业那么简单。香港回归的时候说保持现有制度和生活方式五十年不变，五十年没到，大陆已经变得"钱不是个问题"，香港人也开始考虑自己的未来，保持不变真的没那么简单。

胡同里的文艺青年

1993 年我来北京读书，常流连在北京那些拐弯抹角的胡同中。我读书的北京电影学院坐落在蓟门桥外，是崭新的建筑，但中央美术学院、中央戏剧学院都在小巷里。如果想在北京过艺术生活，离不开胡同。

周末，我会去美院找老乡看画，从校尉胡同出来走两步，就是美院画廊，再往前走，就是中国美术馆，晚上还可以去人艺看话剧，实在没事干就去旁边的中国书店翻翻古书。那些城里的艺术机构不是孤立的，我们这些初来乍到的艺术青年在胡同里东窜西跑，而杂居的大院和艺术殿堂相安无事，浑然一体，不分你我。有一年在美院看刘小东的第一个个展，看画里面烟熏火燎的火锅店，看白胖子扛把气枪带儿子穿过小巷，就知道这艺术不再是高

大全的形象，原来还可以跟我们的日常如此接近。北新桥路口有
著名的卤煮火烧，我们常在结冰的冬日"卤煮"之后，去忙蜂酒
吧摇滚，每次都能看到谢天笑摔吉他。多年过后，常在媒体上看
到他的消息，想想自己已经很久没有参与艺术活动了。

我想我这样的文艺青年，在 90 年代，我们的青春，都在胡
同里。

中央戏剧学院在东棉花胡同，我们常跟中戏 93 级的同学往
来，黑匣子一有戏演，我们就会骑自行车从西土城路出发，穿
过新街口，从南河沿进去，掠过青砖黑瓦的胡同，去看《我爱
×××》，去看《三姊妹》，去看《死无葬身之处》。我拍第一部
短片《小山回家》时，演员需要两天的集中训练，电影学院没有
文学系排练的地方，中戏倒有，他们偷偷开了排练厅，让我们在
里面煞有介事地排练。

学校熄灯后，我们翻墙出去，在宽街一带的小酒馆里吃爆肚，
喝二锅头，侃艺术，憧憬未来，捕捉似有似无的爱情，不愿睡觉，
直到黎明到来。虽然物质贫乏，但精神世界丰富。我们之间常互
起外号，有人会叫"宽街萨特"，也有美女被称作"蒋宅口波伏娃"。
彼时，新左潮流泛滥，常有穿军装、背军挎、头顶红五星的民间
哲学家也在天亮之时归家，不知刚过去的长夜，他和他的同志们
是否刚学习完《反杜林论》。

后来，我们开始恋爱，胡同里的四合院平房，不知接纳了多
少初试云雨的年轻男女。胡同里的人，也习惯了这新气象，相爱
就要在一起，管他将来是否人各东西。学生时代的爱情，没多少

算计，就像胡同，有的横平竖直，单纯得一眼能望到底；有的曲曲折折，藏了不知多少伤心。那年代，我们中间有很多异国恋。有人去五道口买趟打口带，就会带个日本姑娘回来。在语言学院边上吃顿烤肉，也有可能交上韩国女友。

异国情人都爱胡同，就携手找房。趴在树上，看别人贴出的出租广告，或者走街串巷，自己去贴求租信息。胡同房子不贵，也不难找，十几个平米，就会装上刻骨铭心的爱情。我有位朋友，在什刹海租了房子，女朋友是日本人，中文很差。我的朋友也才刚开始学日语，两个人语言不通，真不知道怎么"勾搭成奸"的。他俩无话可说的时候，常常仰头望天。我本以为，他们很快会分手，没想到两人结婚，现在住在横滨。有次，他回来探亲，我们又在胡同相见，他说他们两口子在日本卖玻璃，我笑了，跟他说，你们俩在胡同里的房子窗户上一年四季蒙着塑料布。

胡同里有琴房，有画室，有国家单位，也有无业闲散。先前电影局就在东城的胡同里，我被领导喊进去谈过话，也因此领略了刘罗锅故居的风采。有朋友进了炮局胡同，就为他找关系，托人带烟，直到接他出来。北京的胡同藏龙卧虎，也藏污纳垢。胡同里有我不愿意碰的记忆，也有我常常偷偷拿出来，不会忘记的甜蜜。

毕业之后，我的活动范围基本停留在三环之外，每次穿城而过，看各种长发青年在胡同里出没，就会激动，这胡同犹如血管，仍在接纳桀骜不驯的艺术人才。

最难忘的还是后海，那时没有这么商业，没有这么多的餐馆、酒吧。有的是一片湖，一片树，清晰的四季，可以容纳理想的寂静。我在这里读剧本，谈恋爱，相爱分手。不远处有人在弹吉他唱摇滚，后来何勇告诉我，弹吉他的可能是他。对了，还要告诉你，我们在这里谈政治，辩论，为沉默的土地哭泣，为陌生的人群红脸，我们出尽了文艺青年的洋相，这一切有胡同记得。但你错了，我从不羞愧，从不后悔。

现在，夜色降临之际，胡同里租了平房居住的文艺青年，还会一对对出来，一对对在湖边徘徊，如果正赶上飘雪，真是一幅乌托邦景象，真是一个美丽新世界。现在正好是冬天，下雪时，不妨去胡同看看。

原载《中国周刊》（2009 年第 09 期）

东京诸君

    1998 年,我带着我的第一部长故事片《小武》去柏林电影节,认识了市山尚三先生和藤冈朝子女士。那年的柏林影展中国电影人不多,却来了很多日本人,亚洲电影工作者几乎每晚都要聚会。我和他们坐在一起,听他们用日文或者英文互相交流,心里就会有一种局外人的忧郁。那时候,我英文只能讲几个单词,日文当然就更一窍不通了,坐在中餐馆"老友记"的餐桌边,我只能低头喝酒,或抬头看大家高谈阔论。

    朝子善解人意,看出我寂寞,便坐到我身边用很慢的语速、最简单的英文和我聊天。但我的英文实在太"poor"了,有一次我们实在无法交流,就见四只手在空中挥舞,她突然间灵感闪现,放弃了最原始的肢体语言的表达,顺手把中餐馆包筷子的纸套取下，拿笔用汉字书写起来。日文中的汉字有许多和现代中文终究还是能互通的，我们多了一种交流的方法，于是包筷子的纸上渐渐写下了"黑泽明"、"沟口健二"、"大岛渚"、"北野武"的名字，当然还有日文"映画"和中文"电影"，日文"监督"和中文"导演"。

日本人很团结，每天有不同的日本导演作品首映，他们就会一拥而上，有的去联络各国影评人来看片，有的去协调国际买家，不分导演还是演员，半夜都会一起跑出去帮第二天有电影首映的导演贴海报。首映后，精通德文的看德文报纸，精通法文的看法文报纸，第一时间把国际评论口译给导演，于是这样的饭局，就变成了日本电影工作者信息交换和工作安排的场所。我真是开了眼界，知道了什么叫"抱团就是力量"。

那时候市山尚三刚监制完几部侯孝贤的电影，从百年松竹跳槽出来到北野武先生的公司上班，我们决定合作拍我的第二个电影《站台》。柏林过后，我们约定在釜山电影节谈这个项目。在釜山海边的烤肉店坐下，我的香港制片用英文为我们翻译。但我非常想直接用某种我们彼此都能理解的语言，向市山讲述我的故事，关于《站台》我有太多的话想讲给他听，这部与我青春成长密不可分的电影，是用几个写在筷子封套上的汉字所表达不清的。

所以，我们都很珍惜和小坂女士在一起的时光。如果不说小坂史子是日本人，听她的口音一定以为她是台湾人。这十几年里，一直承蒙北野武事务所支持我拍片，东京来来去去，每次都是小坂翻译。她是汉学家，跟胡金铨、谢晋这一辈中国导演很熟，代表日本媒体做过很多次访问，后来又去台湾，帮侯孝贤导演拍了

《戏梦人生》、《南国再见，南国》、《海上花》等片。她长驻台北，我每次去东京工作，都会让她飞回来帮我们翻译。一群人彻夜长谈，和北野武事务所的同事，和发行公司 Bittres End 的定井勇二先生，和黑泽明导演的制片、德高望重的野上照代老前辈。

我最喜欢坐在新桥地铁站旁的居酒屋里，一边听火车隆隆的声音从头顶驶过，一边坐在这里谈论电影……小坂在一旁，她可以用最准确的语言把我们彼此的话翻译出来。有时候聊晚了，大家便按日本人的习惯，趴在居酒屋桌子上，等待天亮。待有地铁后，才各自回家。东京的出租车太贵了，很少有人打车回家。最怕和北野武的制片人森昌行吃饭，整个过程他不动筷子，也不喝酒，只聊天处理事情。他辈分又比我们高，让我们吃得很不自在，他的生活就是工作。日本人有个笑话，说北野武心里想唱歌，森昌行已经在拿吉他了，他们合作多年，默契到不用说话，就知道接下来要做什么。最逗的是，他到哪儿都拿相机，北野武拍《阿基里斯和乌龟》索性让他当了摄影师之一，也算是圆了他的摄影师之梦。

和东京诸君相聚的时间总是太少，每次去东京，我能记着的只有四个地方：酒店、地铁、Bittres End 的办公室，还有新桥旁的居酒屋。遇到小坂不在的时候，我们只能听火车从头顶驶过，互相对视一笑。我往来日本多次，但还没去过富士山，没去过京都，唯一一次远离东京是去镰仓拜谒小津安二郎导演的墓。但东京有那么多我的朋友，因为语言的问题，我们彼此只知道对方的作品，私下的生活却不甚了解，而这种友谊却很牢固，因为我们认同对方的工作，我们是电影王国的公民。这让我想到更远方的朋友，突然想起葡萄牙的比特·科斯塔，法国的阿萨亚斯，巴西的沃尔特·塞勒斯，美国的凯莉·莱哈尔德，岁末年初，新旧交替，为什么这么思念故人。

　　窗外又一场雪光临了，我在剪辑《海上传奇》，就会想到待到初春雪化，出行方便了，电影也便完成了。我盘算着带着电影去影展，找机会与这些朋友相会。对了，在电影的王国里，去电影节是我们走亲戚的方法。

原载《中国周刊》（2010 年第 02 期）

记忆之物

今年春节回家，车在高速公路上奔驰，一进娘子关便算进了山西。视线放眼窗外，远山残雪披挂。阳光下黄土温暖，依旧是旧山河。许久不见，一草一木都像亲人。这山河，让我有了回忆的心情，想想十几年在这条道上奔走，离开回来，回来离去。红尘里人来人往，情去不回头，好多事自己想忘了算了，山河却不允许。今天回乡，大地让你回忆。

妈妈又在收拾年夜饭，背影又比去年老了些。我还是四海为家，望着父亲的遗像，就会想起他壮年的样子。过年他为我们炸年糕，我们还小，食欲充沛，幻想无边。而今夜，从窗外望去，县城里万家灯火，每盏灯下都有一户欢乐的人家。焰火升起，照出我和妈妈相依为命的孤独。世界上亲人不多，想今春一定要接妈妈去北京。纵只是早晚一见，也让我有个约束，母在堂上不远游，只有妈妈能让我收起浪子心。

不知不觉打开了长久未开的抽屉，翻来翻去，翻出了初中时候的日记本。十三四岁时候的字迹带我在辞旧迎新之际回到了过去。这些日记，实际上是写给老师看的，每篇日记的开端都是"今天"二字，"今天我去了谁谁家"，"今天我看了什么书"，"今天我看了什么电影"……日记里很多虚构的事。那时，语文老师抓写作，布置作业，每天一篇日记。星期日下午自习课的时候要交给她，我总在星期日早上起床，坐在院子里，用几个小时的时间，编造一个星期的事件。抚摸着这些塑料皮包着的少年谎言，记忆却是实在的：空旷的大杂院里，秋风吹着落叶，一个少年跪在石桌边，编造他的生活。这一幕我早忘了，日记本却又让我想了起来。我把记忆藏在脑后，锁进保险箱，钥匙却是一个日记本。

夏天拍《海上传奇》，约了张行做访问，张行是80年代家喻户晓的歌星，我这个年纪以上的人，青春故事里都有他的歌声。《小秘密》、《迟到》……他在邓丽君之后、齐秦之前出现在我们的生活里。在我们的国里，他是我们的王。他已人到中年，坐在弄堂里，撩拨起琴弦，一首歌脱口而出，"一条路，落叶无际，走过你走过我……"我站在摄影机后看他唱歌，听他讲他的路，想想这十几年，我们忘却的太多，这首歌又让我想起呼朋唤友的时代，骑着自行车在县城狂奔，那无数躁动的青春的日日夜夜。我们就是唱着这首歌，抽烟，打架，恋爱，离家出走，做白日梦。音乐好像化学药剂，虽然没有幻觉，但纵使你不愿意，也还是让你看到刻在记忆深处抹不掉的细节。

《海上传奇》采访的后三个人物是陈丹青、张行、韩寒，陈丹青赴纽约那一年，正好是张行红遍全国，张行个人遇到变故那一年，韩寒刚刚出生，这三个人，一个画画，一个唱歌，一个写字，他们的工作都为他们自己，也为大众留下了个人命运的个案。1991 年，我去太原学画，课余时临摹陈丹青的速写，很想有他那样帅的笔触，随便两笔，便把世间万物画个生动清楚。有一天夜里，某同学远赴北京搜集艺术信息回来，他带了一卷录音带，用颤抖的声音说：快！录音机，陈丹青的讲话来了。毫不夸张，当时听他的录音，崇敬的心情好像迎接第五卷"毛选"，录音带里，陈丹青把自己在纽约的生活感受讲了出来，寄给远在北京的老友孙景波。那时候的丹青跟现在一样，张嘴便是粗口，他直言不讳，把自己的困惑讲了出来。这录音带让我们这些初来学画的同学热血沸腾，都想着有一天能去纽约，和西方艺术搞个对话，能受那样的苦也是境界啊！认识丹青很久，一直想提到这盘录音带，想向他求证录音带是否真的是他的声音。这一次采访完他，话到嘴边又收回去，因为这不重要了，重要的是这录音带开阔过我的眼界，发酵过我的野心。我至今保存着这卷录音带，只是现在已到 MP4 的时代，我身边已经没有卡式录音机了。那就去买一台吧，为了记忆。

前年在成都拍《二十四城记》，拍一座曾经有三万工人、十万家属的工厂。这工厂有五十年的历史，那些树荫下苏式的厂房，有十万人五十年的生生死死。但这些记忆之体，却要在一瞬间拆掉。我们拍电影，用摄影机对抗遗忘。

今天，游荡在中国的任何一个城市，总能看到拆除，总能看到快速发展的同时如何快速地遗忘。我们的记忆在哪里藏身呢？记忆可以是一首歌，可以是一个日记本，可以是一条街，可以是一座工厂，可以是一座城市，更可以是山河大地。我们必须保存我们一个又一个的记忆之盒，在这些盒子里保存的是我们成为人的依据。

记忆藏在盒子里，让我们都握紧钥匙。

原载《新视线》

再见，青春，再见

——北京之春拍摄手记

1980 年，我十岁。学校里在教一首歌《年轻的朋友来相会》，歌词唱道：光荣属于 80 年代的新一辈。

1984 年，我喜欢上了照镜子，那时候突然满脸青春疙瘩豆。黄昏下学后对镜自怜，对自己越来越陌生，望着镜中人，就会想：这就是歌里唱到的新一辈？

1985 年我的嗓音越变越粗，但喜欢上了听歌，邻居大哥从广东回来，拎了一个三洋牌录音机，我听到了邓丽君在唱《美酒加咖啡》，听到了张帝在唱：有位朋友问张帝，什么叫MASSAGE？我开始在午后怀春，开始尾随心仪的女生上下学。

1986 年，我迷上了录像厅，在混杂着烟草味道和脚臭气息的录像厅里，跟着周润发咬着牙说：人在江湖，身不由己。我开始有了我的江湖，像电影里一样拉帮结派、寻仇、报恩。

这一年，我恋爱了，早晨五点就等候在她家门口。

1987 年我爱上了写诗，在某一个阳光灿烂的下午，跟同学鬼使神差爬上了县教育局的楼顶，本来想看看县城的全貌，但捡到了一本书——《朦胧诗选》。翻开雨水泡过的纸张，我在天空下高声读道：卑鄙是卑鄙者的通行证，高尚是高尚者的墓志铭。

县城依旧热闹繁华，苍生忙碌，没有半个人回应。于是又读道：也许我们的心事，总是没有读者，也许路开始已错，还会一错再错。

这天夜里停电，烛光中我拿出一支铅笔，撕一张草纸，开始写自己的心事……

1988 年，我迷上了霹雳舞，从电影院出来，开始模仿黑人的动作，第二天骗走妈妈二十块钱，到西门外坐长途汽车离家远行，一路到了省会太原，流连在各种商场，寻找一双电影里的匡威球鞋，一边是黑色，一边红色的那种，我不知道它叫什么名字，给它命名"阴阳霹雳鞋"。

这一年，我起艺名"阿伟"，夏天跟一队走穴的人演出，过黄河去了榆林。

1989 年，我天天都在看电视，目不转睛，足不出户。这一年，我突然老了，变得感伤。

1990 年，我决定离开县城，临走的时候藏好了记忆，把青春锁进去，发誓与它再不相会，让它生锈。离家那天大自然花红柳绿，但我轻声说：再见，青春！

后来，我当导演。酒量越来越大，胆量越来越小。熟人越来越多，朋友越来越少。每天睡不醒觉，昏天黑地，稀里糊涂。某一天，穿过城市的时候，发现又是草长莺飞之时，突然偷偷想了下我的青春。

2009 年，寒风凛冽中，我回到太原，拍一组叫"北京之春"的照片。在拍摄现场，我又看到了那堆火，看到了那双黑红相间的霹雳鞋，恍惚之间，我跟我的青春狭路相逢。

80 年代，狂欢、流浪、革命、恋爱……

80 年代，曾发誓与你再不相见。但，无奈心中常有你！

原载《时尚先生》(2009 年 3 月刊)

校长的话

——写给釜山电影节亚洲电影学院学员的信

同学们好！

　　我十九岁那年，疯狂地喜欢上了文学，我试着写小说，后来又喜欢上了画画，最后我确定我真正想从事的是电影。

　　直到今天，我还常常会有许多不平静的时刻。政治剧烈变动所带来的社会问题，个人的情感处境，或者生、老、病、死，那些随着时间推移我们才能逐渐理解的生命真相，都会让我们体会到无时无处不在的人的困境。也正是这些困境给了我充沛的表达欲望，电影是我的精神出路，这是我选择电影为自己终身职业的理由。

　　电影虽然只有一百多年的历史，但你们将要从事的依然是一门古老的行业。我们和那些遥远世纪的说书人，那些口传史诗的艺人，那些编撰民间传说并把它流传下去的先辈一样，电影是人类在科技时代的表达方式，然而它最终将传递的仍然是人类的生存经验。

电影作为一种记忆方式书写着各自民族的历史，在这看似宏大的使命背后，这门艺术真正需要的还是每个作者真实而富有洞察力的个人书写。相信和捍卫个人表达的价值、自由，唯有这样我们的作品才能表现出必要的尊严与价值。在经济的限制或者政治的压制之下，我们最少可以成为一个反叛者，用电影去和人类的惰性、黑暗抗争。

不说一句话，一个人吃饭、走路的样子已经可以把他的生存状态解释得一清二楚。我一直认为电影有着超越文字的能力，并因此呈现出一种人道之美。就算是一个文盲也可以分享来自不同国家、不同语言的作品。我常常在不同导演的作品中发现电影的美感，可能是一个崭新的人物形象，也可能是令人感动的空间揭示，也可能来自对时间的玄妙处理。电影的形式之美是一段没有终点的路途，对电影工作者来说，去寻找电影新的可能性，往往带来的是一种新的理解世界的方法。我们需要始终保持在电影美学上的抱负，并发现电影在不同技术背景下的变化与可能。

电影对我的吸引力，还有它提供给我们的独特的生活方式。我需要那种四海为家的流浪生活，也喜欢和不同工作人员在一起集体劳动。电影让我有机会去到陌生之地，去拍摄风雨雷电，去凝望山川大地。电影帮助我保留了与人交流的热情，也帮助我保

持着对生活的好奇心。就像现在，我好奇你们是谁？你们为什么
会选择电影？

　　期待在亚洲电影学院，与你们在一起的日子。

海上传奇

2010

<故事梗概>

上海，风云际会的城市，人来人往的码头。

这里曾经遍布革命者、资本家、工人、政客、军人、艺术家、黑帮，这里也曾经发生过革命、战争、暗杀、爱情⋯⋯

1949年，大量的上海人去了香港和台湾。

在上海、台北、香港找寻上海记忆，十八个人物的亲身经历，像长篇小说的十八个章节，为我们讲述了从1930年代到2010年的上海故事。

<导演的话>

在我用电影同步观察中国变革十多年后，我越来越对历史感兴趣了。因为我发现，几乎所有当代中国所面临的问题，都可以在历史深处找到形成它的原因。

于是我带着摄影机来到了上海，并追随着上海人离散的轨迹去了台湾和香港。几乎所有中国近现代史上重要的人物，都和上海发生过关系。发生在上海的那些影响中国的事件，又给这座城市的人带来了生离死别的命运变迁。

在上海，在这座城市的背景上，书写着复杂的历史词汇：19世纪的"殖民"，20世纪的"革命"，1949年的"解放"，1966年的"文革"，1978年的"改革"，1990年的"浦东开放"。

但我关心的是在这些抽象的词汇背后，那些被政治打扰的个人和被时光遗忘的生命细节。

当我面对我的人物，听他们不动声色地讲述惊心动魄的往事时，我突然发现我的摄影机捕捉到了，始终闪烁在这些讲述者目光中的自由梦。

遗忘了细节就是遗忘了全部（对谈）

杨翊、贾樟柯

1998 年，贾樟柯二十九岁，处女作《小武》备受马丁·斯科塞斯激赏，认为是让他"又想拍电影了"的"动人、精准"之作，令贾樟柯牛刀小试即已是镌铭在各式国际电影奖座上的名字，广电总局却正式禁止他拍摄电影。租不到摄影设备，也没人敢晒印他的底片，想来是极窘迫的境地；十一年后获解禁，某种程度上算是得到官方认可，却显然没有摇身化作谀世的作者。刻下的他简单、温柔、从容，身上还带着朝早北京豪雨的痕迹；话语间，亦分明托出一个率直、磊落的形象。

记忆危房

谈起新作《海上传奇》（以下简称《海》），贾樟柯回忆，如果说在头十年主要是"变革"影响了他的创作，那现在这个灵感的来源则是"历史"。他着迷于历史中的对抗，渴望穷究它究竟如何发生。譬如革命里，那些人是如何被燃烧？革命对个人究竟意味着什么？当时他们选择某个主义某种生活方法，心理契机是什么？这样的发问，他说，来自他感情交流充沛的家庭，以及父亲作为被牵连者，对"大跃进"、"反右"等历史事件的言传。一些故事他至今想起仍难以平静，而这种敏感或许已成基因，令他做不成局外人。

论及艺术，创作究竟是以个人为基座的建筑，还是回应公共领域的生产，是常被争议的话题。当然，群体记忆、国家叙事、时代传奇与小民悲欢交织，贯穿公共和私人的生存领域，成为"可经验的"；亦不可避免地遭遇反问：游离散漫的个人经验具体说来究竟如何构成历史，或反过来，抽象平白的历史何以成为个人经验？如罗兰·巴特所言，公共历史是一种不可经验的虚构，真实存在的只是无数（由个人存在测度的）小历史的鸣响和嘈杂的和声。

着眼于此，简率言之，《海》在中国眼下极其复杂的政治、经济、社会背景下，侧写中国近代历史惊险离奇的波澜，是一场精彩的试验。它不是一种将苦难过滤的、浪漫化的集体怀旧，反而是直陈历史的凶险，撕毁政治表述，并医治社会的集体健忘症。不然，时光的缝隙填不满，人生就成了危房一座，修到顶才发现，没有任何回忆可做支撑——何其悲伤。但需要说明的是，在我看来，《海》讲述历史细节，却仍是结构性的作品，它顶多帮你扶正危房的梁柱，打点残破，令你有心用你自己找回的历史碎片弥补墙上的风洞成为可能；毋须指望它直接把历史的砖块交予你双手，仿佛记忆可神话般瞬间丰满。这大概也是影片屡遭误读的原因。

所以，贾樟柯虽说"这故事外国人也能懂"，或许只是在说情感面粗浅的共鸣。当爱国实业家张逸云的孙子张原孙这头唱起 I wish I knew，那头许冠杰"命里有时终须有，命里无时莫强求"，浪子心声柔软如清波荡漾，映照起城市景象光怪陆离，能透过一百二十分钟、十八个篇章看出无穷风物，会晤导演对历史微薄的慰问的，恐怕需要拥有跟贾樟柯类似的纵横曲折在心里颠簸——这样，当苏州河上的太阳快要落到东海里了，心里的萧条，才会半明半昧地开始；于是得以目睹：金光灿烂在海上起伏，现实和过往的悲欢就这样打成一片。

历史的痣

杨 翊　听说拍《海》跟香港有点关系——是读了李欧梵的《香港，作为上海的"她者"》。对于香港观众来说，为什么要看《海》，其中有没有特殊的联结和意义？

贾樟柯　如李教授所言，有密切的血脉关联。上海是移民城市，开埠之初接纳了很多闽粤人，租界建立后很多粤港经训练的职员亦迁入上海。单讲电影，像蔡楚生、阮玲玉、韦伟，都是广东人。但沪港间真正密切联系、带来香港城市改变的是两次移民。一是抗战，上海资本家、文化界人士迁港。接着是 1949 年，不仅形成"南来文人"，也形成上海人小区（北角曾叫小上海）。我采访很多香港人，他们就会回忆五六十年代沪人到港给日常生活层面带来的变化，譬如本地港人最早看到冰箱、空调等现代化设施，可能是上海家庭带来的。文化界，大批导演、演员、剧作家、电影工作者、教授等上海 1949 年前的文化精华到了香港，像姚克、刘以鬯、曹聚仁，香港变成一个人口密度高但精英密度也很高的城市；资本也迁移过来，都为其 70 年代转型和经济发展提供了资本、人才、教育资源。

《海》三分之一篇幅谈在香港的上海人，他们是香港的一部分。香港观众可以通过电影了解跟他们共存一个时空的城市居民组成的复杂性。每个人都好像有个故事，所以走在香港的路上，看老式的唐楼、窄窄的楼梯有老人上下，我常想，他没准就是个极重要的历史人物隐居在香港了。可见香港虽小，却交汇了大量信息（中国近现代历史的信息），是卧虎藏龙的地方。这也是香港观众可以共鸣的。

杨 翊 拍《海》你访问了八十人，最终选入十八个。你讲过筛选原则是主题不重复和倾向个人叙事。剩下六十二位中间，有没有特别的故事跟香港观众分享？同时，这里边有没有因电影审查造成的遗珠之憾？

贾樟柯 电影人物的取舍完全是我个人的取舍，但康城（戛纳电影节）首映前，审查长达两个月，其间发生了什么肯定很有趣。创作取舍上，这里面确有我至今都想剪辑进去、但没有足够容量呈现的人物。有的故事也相对独立，譬如在台湾我访问了蒋介石的侍卫官翁元，一整天的讲述，从加入侍卫队，到蒋介石过世后如何在蒋经国身边工作。我舍不得剪它，想做成单独的影片。在香港我也访问了纺织家杨敏德、戏剧家荣念曾等，而最终选择韦伟、费明仪、潘迪华是因为她们的命运都和 1949 有关，且都是女性。

杨　翊　我看电影前，预期这是一部围绕上海城市变迁的片子，看到一半才发现这跟上海的关系都是松散的，明明只是由上海串起的中国历史的伤痛。话虽如此，上海作为载体，你对它基调和样貌的把握很关键，不然其形象很容易被塑造得肤浅而低劣，譬如，一个俗气、符号化的上海。创作时怎么考虑和处理这个困难的？

贾樟柯　我的工作建立在对上海资料长期的搜集、阅读上。一开始我构思变化很多。一种是专门拍计划经济时代，因为当时上海跟内地的联结主要通过轻工产品。特别是"文革"时期，物资匮乏，上海却是能够提供从香烟、化妆品，到电风扇、收音机，各种工业产品的地方。后来我又想把重点放在上海的工人运动和革命，因为上海是一个远东革命中心，大量的俄、英、日、韩等国各种的革命家汇集在此。这样一来就偏到政治角度，也是我喜欢的主题。我特别想寻找革命者最初的心理状态，但那些东西主要集中在 20 年代，像共产国际的红色间谍，找不到讲述者了。

慢慢地又找到另一个很重要的主题，即"离散"，1949年尤其打动我。可能中国没有哪个城市像上海这样大规模迁移。这里面很多人又都有社会地位、财富积累——有的跟国民政府关系密切，有的跟共产党，但我一下觉得，即使是他们，对未来的改变都无法预见。兵临城下带来走避、离开，很多人以为三四天、一个月就能回来，结果发现政权已改，生活方法也随之变化，离散人则不得不在异乡逗留一生。这样一种被动，在战争、政权改变、政治斗争面前的无能为力，提供了一个至今让国人非常忧伤的生存境地。一个城市，无数种性格，一部电影不可能全然呈现，这中间一个导演只能拍出跟他最对应、最感染他的东西——对我来说就是通过上海去拍中国人的离散。相同的城市，同样是政治事件，人的命运却迥异着，如黄宝妹和上官云珠，所以对我来说，考察上海的历史重点不是发生过什么，而是城市居民的命运如何受影响牵连。

杨　翊　黄仁宇回忆内战时就说过，"只要一触及人类生活和人性，就不再是社会问题，而是神学问题，因此会牵涉我们的良知。虽然说不破则不立，不打破鸡蛋就不能煎蛋卷，这种话说来容易，但当你视受害人为个人，他们是你的同胞，脸上有痣或眉毛倒竖，呆滞悲哀的眼神偶尔会瞥向你，这时你就无法明确下结论。"这番话当年对我的触动跟你刚才讲的诉求非常相似。

贾樟柯　是的，做电影、口述历史有个好处就是通过具体的人，寻找并提供细节。1949年到现在不远，六十来年，但遗忘了细节就是遗忘了全部，因此寻找到这些细节就是找回记忆的全部。譬如 1949 年国民党到台湾，我从小就知道这段历史，那过程呢？都是抽象的。所以你对战争没有警惕，不会觉得内战痛苦。但是通过讲述，你就知道，像王童导演，一个黄埔一期高官家庭也要被一根绳子，兄弟十人绑着上船。没有这根绳子，我想不到离散那一刹那，个人的恐惧。所以失去细节的历史是培养不了历史感情的。随着时间推移，当事人不在了，我们就不得不用想象来弥补这些细节，可能就完全是虚构的电影，好像侯孝贤导演拍《悲情城市》。

经验永恒

杨　翊　你说你欣赏韩寒的话"没有立场，只有是非"。不说立场说是非好了，是非陈述在《海》里面在我看是模糊的，电影牵扯了国共恩怨、国家的撕裂、"文革"、近三十年中国经济突进的同时也是很粗暴的开发，这中间你个人的是非判断落脚在哪里？

贾樟柯　欣赏那句话其实是因为我们的语境。1949 后的成长过程里，整个教育就是给你立场，所以，说没有立场，不是说在多元文化环境里抛弃立场，而是意识到教育带来的基因上的影响。1998 年我第一次去柏林影展，台湾团摆酒席宴客。入场发现每桌都插着青天白日满地红旗，我扭头就走了，当时感觉误入白虎堂。拔腿而走一刹那，我完全是动用我的立场，党给我的立场——你是中共这边的人、大陆的人，你是我党培养起来的红色一代，怎么能进入到青天白日满地红的世界呢？现在我坚持说我是个人主义者，因为最重要的是人的自由，以及对个人跟个人选择的尊重。我们是另一个战争胜利了——整体上经济高速崛起、全球影响力扩大，但这个经济奇迹里面，个人的命运遭遇却往往被忽略了，贫富分化、地区差异，具体的人事实上得到了多少好处呢。所以以人为本说得也对，若真能以人为本那很好啊。至于是非，都是具体的。大的是非，通过这些人的讲述你就知道了，譬如内战肯定是非的呀，让这么多人流离失所。

杨　翊　《海》确实提供了多种讲述的可能。看到世博工地，有人会理解成希望的隐喻——他们像朱黔生，认为新建的就代表正面价值，传统的、残破的就是落后；但对我个人来说，影片里上海变化这么大，意味着大部分记忆的栖身之地都没有了，所以感觉上，愈了解上海过去的人，愈不会喜欢现在的上海，看了《海》过后尤甚。从电影语言来说，像赵涛的角色，你说过，她是从过去时代回来的游魂，是虚构与记录互相弥合，而我个人还把这样一个冲突甚至诡异的线索，看作暗示你个人对上海，甚至近代中国历史轨迹的一个怀疑甚至抗拒——如果没有赵涛角色带来的冲突，电影可能很容易就变成一种价值判断极单一的叙事。

贾樟柯　《海》2009 年开拍，面对的事实就是上海要办世博了。世博本身对人类来说是有趣的活动，它被过度利用以表达诉求，不成为整体上否定它的理由，所以我不回避地把它拍到电影里——这是一体两面的，不代表我认同或不认同它代表的价值。

而赵涛的角色有两方面提示，一是，这城市曾被改造，就像她这样一张北方面孔的闯入；二是，它还在被改造，过去是把它从远东资本主义金融帝都改造成一个红色工业城，现在是再造一个新金融帝都——都是短期内自上而下的决定，由强有力的权力和资本造成的迅速整容。这是我对上海的看法。一次我在江面上坐船，恰逢五一劳动节，拍到外滩所有的楼上都是统一的红标语。那些标语若挂在东欧的平板楼上，我会觉得很协调，但它跟外滩错落、自然、私有资本筑起的西式楼房放在一起就非常不协调。陈丹青对上海的不舒服其实也主要来自：人是被动的，说变什么就变什么。

杨 翊 跳出《海》这一个作品，谈及中国"第六代"导演，你提到王小帅，回忆当年电影创作，说"一个青年的电影梦，何尝不是一个自由梦"。有没有想过没有权力对峙的情形下，你的电影会是什么形态？

贾樟柯 事实上一个人创造性的生命里有无数对抗关系，权力对峙只是其中一种。那譬如跟时间就是另一个对抗关系。我所有电影除了关心社会变迁跟人的关系，也会关注人自身的变化，比如《站台》（人的惰性、生理变化、年华老去），你作为人要去对抗这样一个永久存在的阻力。

杨 翊 这让我记起你曾说过，电影对你的吸引来自法国电影评论家安德烈·巴赞的一句话：摄影术令时间永恒。上周访问朱天文，我发现她的书写也是环绕记录和永恒的。站在个人的角度，我认为永恒不是一个太重要的议题，人一辈子生不带来，死不带去；眼下的生活心随己意、有趣味即足矣，但扩大到公共空间就另当别论了。

贾樟柯　一个人获得充沛的讲述欲望，不单满足个人需要，也指向群体。最重要的是，没有人生是天然有经验的，所以提供经验很重要，永恒即是将过去漫长历史时间里那些重要的经验呈现出来，很多时候，这最起码可以保持一种尊严。书写、拍摄、科学……都是提供感情、社会、认知经验的过程，我很难想象一个没有经验的世界。

原载香港《明报》2010 年 8 月 29 日，原标题《找回记忆的全部》

杨德昌：他的枪声，他的孤独

我到现在都不明白，那天为什么没有主动走上去，跟杨德昌导演打个招呼。

那是 1998 年 10 月，在釜山电影节。杨德昌导演带着他的电影计划《一一》参加釜山电影节的 PPP 活动。这是一个为新电影融资的项目，因为是第一届，所以主办方邀请了很多导演。我带着《站台》前往参加的时候，才知道还有很多前辈导演也在其中。那一年田壮壮导演和江志强先生带着《狼灾记》，关锦鹏导演带着《有时跳舞》也在釜山。

十二年过去，田壮壮导演执着如初，他在去年终于完成了《狼灾记》。而杨德昌导演，他为我们留下杰作《一一》，人却已经走了三年。我还清晰地记得离开釜山的那个早晨，酒店外面零散站着几个人，大家在等大会派来的车接了去机场。杨德昌拖着行李从酒店大堂出来，我一眼认出了他。他一个人孤零零地站在那儿，个子很高，戴着眼镜。我一直注意着他，直到它上了一辆汽车走远。

这是我第一次见到他，也是最后一次。他去世以后，我常问自己：那天，为什么不上去和他打个招呼？和他讲讲话？

看杨德昌的电影，是从《牯岭街少年杀人事件》开始的。其中有一幕，青年男女在郊外漫步，突然远处传来清脆的枪声，他们停下来，枪声在寂寥的郊野回响。远处，一对军人趴在地上，端着步枪在打靶射击。这一幕让我瞬间回到我的童年时代，在大陆，在我家乡的郊野也常会看到民兵打靶。那时候，我们的日常生活里还有军事化的痕迹，还有对战争的恐惧和防备。

整个县城，每一个国营单位都有一个民兵组织，我的母亲就是他们糖业烟草公司的民兵排长。平时县城里的人们酿酒、卖香烟、生产拖拉机配件、造纸印刷……有谁会想起在他们的仓库里，其实还藏着一些步枪，这些枪是为了抵御台湾打过来的，或许也是准备我们打过去的。

没想到我在杨德昌的电影里也看到了熟悉的打靶一幕，电影里少年与少女看一群人匍匐在地上，对着靶子射击。作为观众我知道，他们最大的假想敌当然是大陆的共军。从杨德昌的电影里，我们第一次看到原来两岸有着相同的生活，无论是共军的"群众"还是国军的"民众"，原来我们有着相同的紧张、相同的对对方的防备。这一下子增加了我和台湾电影的亲近感，不知道为什么，突然有了一种自己人的感觉。原来，我们这么相像。

　　两年之后，我在巴黎看到了《一一》。那时候我滞留法国，在巴黎等去多伦多电影节的签证。一个无比无聊的下午，不想在屋里傻待着看雨，便出门习惯性地去了蓬皮杜中心旁边的那家MK2影院。远远地看见弯曲排队的人群，人人雨中静立庄严如等待移民签证。不，他们是在等着看杨德昌的《一一》。能有什么更比这一幕更让电影工作者感动呢？我排在队伍中，于是眼前捧场的观众中有了自己人。

　　在《一一》之前，从《恐怖分子》到《麻将》，杨德昌一直试图用一部电影来归纳全部的生活，想用一部电影讲述清楚他眼中的台湾的全部。但，这可能吗？

　　《一一》做到了，杨德昌告诉我们：一部电影可以解释整个世界，一部电影也可以囊括中国社会的全部。杨德昌在《一一》里找到了观察中国社会非常重要的钥匙，那就是人际关系。家庭关系中的陌生与熟悉，同事关系中的亲近与距离，太太，情人，过去的自己，现在的自己还有模糊的未来……《一一》通过中国人特有地侵入他人生活的亲密人际连接，呈现出在运动着、发着热的人际关系中，原来埋藏着感情上的冰冷。

　　中国有一句话是"天妒英才"，或许就是因为《一一》说清楚了我们生活里的一切，他为我们揭开了生活的谜底，完成了他的使命，所以也就离开了我们。两年前在法国南特电影节，我见到了杨导的太太和他们的小孩。那是影展安排的纪念杨德昌的会议。侯孝贤导演在上面发言，杨导的儿子在下面拿着游戏机一直低头在玩，远远望去，他有如他父亲一样的孤单背影。

魏德圣导演在《海角七号》拿到亚洲电影大奖的时候，他流着泪说：想念杨导。戴立忍导演在《不能没有你》拿到金马奖的时候流着泪说：感谢杨导。两周前，我在洛迦诺电影节领取荣誉金豹奖。颁奖后，朋友们围着看我手里的小豹子。英国影评人汤尼·雷恩突然神情黯淡下来，他说：有一年杨德昌得了金豹奖，他陪他去苏黎世转机。杨导一路上拿着"豹"的尾巴，没想到还没到苏黎世"豹"尾便掉了下来。大家笑了笑，但之后的一刻变得异常的安静，我们谁都没有讲话。我想那一瞬间，我们都想起了他，思念着他。

我真的很后悔，在釜山没有跟他打招呼，没有亲口对他说：杨导，我喜欢你的电影！现在，我只要一个人独自看 DVD，看《一一》的时候，就会想起那个下午，想起他高高的个子和他的孤独。

原载《中国周刊》（2010 年第 9 期）

美国大使、革命者和汾阳皇帝

　　岁末年初，央视《子午书简》给我一个美差，帮忙推选2009 年值得推荐的三十本书。这一年因为拍《海上传奇》，新书看了不少，但大都是和上海有关的历史掌故，推荐给读者未免偏狭。正犹豫间，很多出版社为评委寄来样书，书籍蜂拥而至，用传统修辞手法可叫如雪片般飞来。我像得了宝，心情快乐。

　　其中三册一套的《中国地下社会》，封面装帧非常亲切，褐色的底子上，白色线描的风景人物，很像我老家不定期寄来的《汾中校史通讯》。我的母校汾阳中学有一百多年的历史，1906 年建校，1915 年美国卡尔顿大学及基督教公理会将其改建为教会学校——铭义中学。因为和卡尔顿大学是一个董事会，所以民国年间的优等学生，可以直接去美国读书。里根时代美国驻华大使恒安石的父亲曾是汾阳中学的英文老师。大使 1920 年出生在汾中，我上学的时候，有一天食堂突然改善伙食，由馒头改吃包子，一打听原来今天大使回来"寻根"，吃包子属于外事活动的一部分。

大使回来，倒也不空手，送了一大堆东西，包括一台十六毫米电影放映机和几段美国风光的拷贝片。我欢喜机器，便将放映机"霸占"了好长时间。大使感慨学校丁香林的面积小了，也叹息原来的网球场盖起了楼。一百周年校庆的时候我回去，有我早恋记忆的丁香林彻底只剩下几棵了。我姑妈感慨我们这一辈毕业生英文差，她开始用英文唱圣歌，回忆她们那个时代的美式新年联欢会。我们只能从《汾中校史通讯》了解当时的风情了，在风沙满天的山西小城，原来有过如此直接的西式教育。

看《汾中校史通讯》才知道，汾中也出了很多革命干部，1930 年担任校长的余心清是留美博士，是冯玉祥的幕僚，好像跟周恩来走得也很近，解放前策反过孙连仲，解放后当了中央人民政府典礼局第一任局长。我常想马克思主义在民国年间，一定像今天的"环保""女权"一样，是时髦的学术。时髦包含了两层意思，一是改变现实的社会需要，另外也多少有些青春浪漫的思想，是一种没有多少深思熟虑的浪漫选择。而一旦选择了这种"浪漫"，好像就必须相信它，不能更改，于是便成了信仰，为了自己人格中忠诚的一面，只能一直信仰下去。

《中国地下社会》从晚清讲起，既有杜月笙、张啸林、黄金荣这类青帮，也有孙中山和红门。前几天在多伦多唐人街看到"多伦多红门致公党"的巨大招牌，就觉得历史好近，从未走远。《中国地下社会》其中有一册谈到了"一贯道"的历史，这让我心跳加速，急不可待地读了下去。"一贯道"由晚清白莲教分化而出，到民国年间由山东济宁人张光壁"发扬光大"，全国传教。"七七卢沟桥事变"后，该道更是借助日本人的势力，依托天津迅速传遍全国。

我最初听到"一贯道"之名，还是在很小的时候。那时，我们家出门就是公安局，往前走几步就是法院。没事的时候常跑去法院审判厅看审判犯人，犯人里面既有传说中飞檐走壁的江洋大盗，偶尔也会有在性方面犯了错的同龄人。有一天看审判席上一伙精壮农民身穿蓝黑布衣，仔细听审判词才知道这些大叔是秘密会社"一贯道"的成员，最幽默的是其中年长一人，相貌平常如乡村木匠，他竟然在他们村登基当了皇帝。在吕梁山深处一条羊肠小道可达的乡村，同样日月轮回，四季更替，同样有电线穿过，供电局的车和邮电局的摩托也会偶尔经过。外面改革开放的信息，并不因山高路远而断绝，恰恰是这样的地方，有人自封为皇帝，他把自己的兄弟子侄封为各类大臣。而他们传承的竟是已被政府镇压已久的"一贯道"会道门。

想一想，他们也是晨钟暮鼓，他们也要有早朝晚报，也有前庭大臣，后庭宫妃。看来共和已久，皇权依然有吸引力。似乎在批判皇帝金口玉齿的同时，人们也羡慕这种权力。似乎在批判皇帝后宫佳丽三千、醉生梦死的同时，人们也向往这种奢华。皇权的魅力正好跟我们的欲望，跟内心的黑暗一拍即合，随时随地都可以死灰复燃。就像这一群乡下壮汉在他们的乡村有了他们的朝廷。

翻翻这本书，竟然看到了汾阳两个字，原来民国年间"一贯道"分裂为四个支派，其中有一派是汾阳人郝宝山从济宁带回汾阳、孝义一带，将此道"发扬光大"。这也解释了为何在我的老家，常有审判"一贯道"的大会。在北京捧着此书，才发现对家乡的了解又多了一层。窗外白雪肆意，就想我远处的家乡，那个出过革命者、美国大使，曾经有过山村朝廷的土地今天是否安好？

原载《中国周刊》（2010 年第 3 期）

流浪到天水

我决定和年轻导演合作，监制一部名为《语路》的纪录片，其中包括老潘——潘石屹。这部片子是拍给遍布中国乡村、城镇的年轻人的。他们或许已经上路去了东莞，或许正在收拾行李，准备前仆后继前往富士康应聘。也许他们还在大山里，还在眺望通往异乡的路。

作为"过来人"，我们能对这些忧伤的年轻人说些什么呢？我们有相同的来路，因此特别能懂对方的表情。当年，老潘离开天水潘集寨的时候，他一定不知道脚下的羊肠小道，通往的是怎样的未来。在他的命运奇迹背后，真正的智慧是什么呢？

我把我的想法告诉老潘，他笑笑说：那你就去甘肃省天水县马跑泉公社潘集寨大队看看吧。

这样，第二天我就和制片上路了。从北京飞往兰州，我们乘坐的是一架巨大无比的飞机，我不谙科技，搞不清这是空客还是波音，总之客舱里服务员比乘客多，她们含蓄地表示飞机落兰州后还要转飞国际。飞机降落，我在夜幕中穿过廊桥的时候，才发现候机厅里等候着一片白帽子的穆斯林乘客，原来他们准备搭乘这班飞机去麦加朝圣。一些穆斯林大爷拿着自备的地毯在候机厅里祈祷，这是我从来没有感受过的宗教气氛。

第二天，一辆越野车在高速入口等着我们。车主是制片的朋友，他是一名摔跤手，一看就知道一定是那种有江湖外号的人物。他把一辆丰田越野车停在我们面前，自己上了另一辆轿车，离开的时候摔跤手甩了一句话：从这儿到天水要五个小时，如果不堵车！原来我们走错了路，同属甘肃但天水离兰州远，离西安反而更近些，我们本应该从西安开车去天水。从兰州到天水的高速很奇特，一路没有隔离带。车开到一百五十迈，突然迎面一辆大油罐车一堵墙一样向我们压迫过来。经历惊魂，我们才逐渐入乡随俗。

果然是很漫长的路，但一路上地名都很好听，车过定西的时候，我想起了杨显惠先生的《定西孤儿院》。这一片土地曾经发生过的饥饿、战争、政治，所有的事情是不是都如浮土般弹指而去了？现实是，又堵车了。这几天甘肃缺柴油，只有定西前面的一家加油站在供应，几十公里的高速路成了加油站的停车场。大卡车一辆接一辆挤在一起，留给我们这些过客漫长的等待。一辆越野车开了车门，司机六十多岁一看就是成功人士，跟他下来的女子不超过二十五，他们伸伸懒腰，不一会儿开始旁若无人地亲热。他们是谁？是什么关系？我看着眼前这出戏，替他们编着剧本。司机们蹲在公路中间开始用纸牌赌博，一对母女在拔着野草。我呢？我在享受着无所事事的闲散，我为我能拥有这样没有意义的时间而感动。

天水早就由县改市了。一进市境，高速公路两边多了许多卖苹果的小摊。有一年地方领导找潘石屹代言天水苹果，报纸上的老潘西装革履，站在农展馆的苹果展位前认真吮喝着家乡的苹果。不知他卖苹果的能力和卖房子的能力比起来如何？驱车进入潘集寨，这是一个依山而建的小村。让我惊讶是，每家门口都种了许多牡丹、月季一类的花卉。山村被打扫得干干净净。

地产界的潘石屹总让我想起电影界的侯孝贤，他们都没有出洋留学，都在本土成长。同样的，他们的本土智慧为他们打开了世界的大门，一个是带来电影变革的导演，另一个是创造了"长城脚下的公社"的开发商。一个创造艺术，一个收获财富。或许极端的封闭打开了他们的想象力，或许拥有真正的本土智慧才容易获得国际视野。

太久没有坐火车了，回去的时候我特意选择了铁路。火车在陇上奔驰，半夜停在一个无名的小站，撩开窗帘只见外面冷月空山。不知为什么，这一夜非常想念海子。他有很多诗，是讲这样的时刻。或许只有这样一尺一尺地贴地而行，才会产生"远方"、"距离"和"思念"。

车又启动，我静下心来用耳朵捕捉火车压过铁路的轰隆声。这声音曾经那样熟悉，在我四处游走、放浪不羁的青春岁月里，他曾经陪伴过我很多寂寞的夜晚。我在路上憧憬未来，我在路上憧憬爱情。是的，这之前我从未到过天水，但不知道为什么我曾经写过一首诗，诗的名字叫《流浪到天水》。

这一夜，我想起了这首诗，想起了曾经伴我四海为家的女人。

原载《中国周刊》（2011 年第 1 期）

忧愁上身

有一年春节，我从北京回老家汾阳过年，电话里和一帮高中同学定下初四聚会。初四早晨，县城里还会有零星的鞭炮声。我一大早就醒来，开始洗澡换衣服，心乱，像去赴初恋约会。

又是一年不见，即使那些曾经勾肩搭背、横行乡里的春风少年，时间还是给我们平添了些陌生。到底是有牵挂，一干人围坐桌边，彼此客气，目光却死盯着对方。一个同学捧着菜单和服务员交涉，其余人假装礼貌选择沉默。包间里静极了，大家听他点菜，个个斯文得像上班主任的课。他们一口一口吸烟，我一眼一眼相望。可惜满目都是同窗好友老了的证据，想调侃几句，却一时找不到合适的乡音。

还是酒厂搞推销的同学生猛，吐个烟圈后一下找到了高中时代看完黄色录像后的兴奋感，盯着我拷问道：贾导演，老实交代，今年你潜规则了几个？

青春虽走，荷尔蒙犹在。这话题让一屋子刚进中年早期的同学顿时焕发了青春。对我突来的"审讯"让所有人激动，我接受这莫须有的"冤案"，只为找回当年的亲近。就像高一时，他们捕获了我投向她的目光中的爱慕，在宿舍熄灯后杜撰着我和她的爱情，而我选择不辩白，夜夜在甜蜜的谣言中睡去。

今天，甜蜜已经不在。我被他们的"罚酒"搞得迅速醉倒，在酒精的炙烤中睡去。下午醒来，不知身处何处，耳边又传来同学们打牌赌博的声音，就闭眼听他们吵吵闹闹，像回到最初。记得高考前也有同样的一刻，我们这些注定考不上学校的差生破罐子破摔，高考在即却依旧麻将在手。有一天我躺在宿舍床上听着旁边的麻将声，想想自己的未来，心里突然一阵潮湿。十八岁前的日子清晰可见，之后的大片岁月却还是一整张白纸。我被深不见底的未来吓倒，在搓麻声中用被子拼命捂住自己，黑暗中我悄悄哭了。

那天没有人知道，他们旁边的少年正忧愁上身。

二十几年过去，县城里的老同学已经习惯了上酒店开房打牌。朦胧中我又听到了熟悉的麻将声，听他们讲县里的煤矿、凶杀、婚外恋，竟觉得自己日常乐趣太少，一时心里空虚。年少时总以为未来都会是闪亮的日子，虚荣过后才发现所有的记忆都会褪色。这时，又偷偷想了想自己的未来，未来于我却好像已经见底，一切一目了然。我为这一眼见底的未来伤感，心纠结成一片。原来，人到中年竟然还会忧愁上身。

想一个人走走便起身出门，到院子里骑了同学的摩托车漫无目的开了起来。不知不觉中我已经穿越县城，旁边车过卷起尘土，躲避过后才发现自己习惯性地选择了那条村路。村路深处，暮霭中的山村有我曾经朝夕相处的同学。

他和我一样，第一年高考就落榜了。我避走太原学画画，他没有复读回了农村。以后的日子，见面越来越少。友情的火焰被乌黑坚硬的现实压住，大家没有告别便已各奔前程。"曾经年少爱追梦，一心只想往前飞"的这些年，一路上了失散了多少兄弟，连我自己都搞不清楚了。此时此地，我却站在了他的村口。以前县城里老停水，一停水我就拉一辆水车去他们村里拉水。每次都会在他家里小坐一会儿，那时候村里普遍还住土炕，或许他在县城读书受了影响，我的这个同学把一间窑洞的土炕拆了，自己生炉子搭床睡。床铺收拾得整整齐齐，他的房间与周围环境相比，特殊得像一块租界。

我骑摩托车进了村，村儿里有些变化，街道结构却一切如旧。到了他家刻有"耕读之家"的大门口，一眼就看到院子里他的父母。我被他们"搀扶"着进了房间，热情过后才知道我的同学走亲戚去了。多年不见，他的房间竟然没有任何改变，甚至床单被罩，甚至一桌一椅。

"他还没有成家？"我问。

"没有。"他的父母齐声回答。

沉默中我环顾四周，突然在他的枕边发现了一本书。那是80 年代出版的一册杂志《今古传奇》，对，就是前边几篇侦探小说，最后是《书剑恩仇录》的那本。这册《今古传奇》上高中的时候从一个同学手里传递到另一个同学手里。这本书在教室里传来递去，最后到了他的手里，直到现在还躺在他的枕边。这二十几年，日日夜夜，他是不是翻看着同样一册小说？一种"苦"的味道涌上心头，一个又一个漫长的山村之夜，他是不是就凭这一册《今古传奇》挺了过来？我一个人骑摩托返城，山边星星衬托着乡村的黑夜，这里除了黑还是黑。我突然想，在这一片漆黑的夜里，他会不会也和我一样经常忧愁上身？

春节过后回了北京，又好像和那片土地断了联系。不久之后，一次又一次的"富士康"事件让我瞠目结舌。我和他们来自同一种贫穷，我和他们投入的是同一种不公。我们有相同的来路，我相信我了解他们的心魔，那一刹那他们慌不择路，那一刹那他们忧愁上身。

可是，我们又能做些什么呢？我想起我忧愁上身的时候，我用被子捂着脸哭的时候，其实特别需要有人和我聊聊。那就拍部片子吧，找那些已经走出一片天的过来人，谈谈他们生命中最黑暗的时刻，聊聊他们走出艰难岁月的智慧和勇气。后来，我找到六位年轻的导演一起合作，我们拍摄了十二位人士，拍出了十二部短片，影片的名字叫《语路》。

我常常会想起过去，想起我们各奔前程的青春往事。可是，同处这个世界，我们真的能彼此不顾、各奔前程吗？

原载《中国周刊》（2011 年第 2 期）

先生坡上易先生

小时候读《水浒传》,特别羡慕里面英雄好汉的江湖名号。"豹子头""小旋风""玉麒麟",这些名字听起来就来劲。再看看自己班上的同学,不是"建军"就是"爱国"。亏大人们能干得出来,把活泼泼的自家孩子愣是和"军""国"绑在一起,连我们这些小孩子都觉得乏味。

同学之间也会起外号,"毛驴""地主"这一类名字安在同学身上,最多也就有点喜剧色彩,根本谈不上英雄气概。那时候不懂,无产阶级专政以后江湖早就被灭了,也就没有了江湖名号。"老王""小李"这么称呼着大家也自得其乐,反正我们都是党的人,面目模糊也就认了。不像春秋战国时代,贩夫走卒里面多的是胸怀天下之士,他们砍着柴分析着各国形势,种着田琢磨着百家哲学,他们随时准备着改变世界。我们的古人好像不太会自我贬低,无论士农工商,只要是大丈夫就不是小人物。

最近去昆明,却突然发现"老王""小李"的时代好像已经悄悄要过去了。

久仰云南,却只去过昆明。第一次去是 2000 年前后,昆明有人弄现代艺术展,我们音乐、美术、电影一大群艺术青年从北京出发,刚落地昆明,就有眼尖的人发现马路隔离带里长着大麻。高原的光线浓重,街上的每个人都被太阳塑造成了"金身",这个城市的人最起码在视觉上显得自由而有尊严,在海鸥满天的翠湖边走走,不由得对这个城市有了好感。

去年为发行《海上传奇》又去昆明,影院派了一个戴眼镜的工作人员接我,握手过后年轻人自报家门,说:我叫水鬼!我被他的名字惊了一下,倒也没有过心。邀请我来的电影院田经理约了两位云南影评人一起吃饭,手握在一起,其中一位淡淡说道:我是内陆飞鱼!这次我总算反应过来,无论"水鬼"还是"内陆飞鱼"都是他们的网名。网络时代好像恢复了《水浒传》里的血脉,和有赫赫网名的人在一起,天南地北地聊网上的好文章,好像在谈论江湖英雄的好功夫。今天,满桌宾客确实是武林高手,江湖又以网络的方式重回人间,散布天下的好汉又有了叫得响的江湖名号。野菌上席,大家都没有动筷子,因为在等易先生。

一说"易先生",你首先想到的是在"百家讲坛"讲《三国演义》的易先生,还是《色,戒》里的易先生。都不是,这位易先生名思成,年龄比我还要小一些。易思成在云南社科院工作,他和一帮朋友在昆明办了一个"云之南纪录影像展"，每两年一届介绍中国独立纪录片。就像金庸小说里的武林大会，"云之南"是国内仅有的少数几个纪录片推广平台。了解中国纪录片生存现状的人应该知道，做这样一个影展有多难，就像同时我们知道做这样一个影展有多重要一样。来自全国各地，每年数以百计的独立纪录片新作代表着深入民间的表达渴望，但奇缺的展映、播放平台让这些表达变得寂寞。

"云之南"不会播出《大国崛起》，赵亮的《上访》会告诉我们现实中的矛盾如何错综复杂。"云之南"不会播出《公司的力量》，于广益的《小李子》会告诉我们山坳深处的贫穷。"云之南"不会播出《故宫》，因为丛峰会带我们去甘肃《马大夫的诊所》。"云之南"不会播出《复活的军团》，因为《克拉玛依》被烧死的孩子不会复活。易先生说："云之南"的意义就是，当这些片子在拍的时候，导演们知道最起码还有个"云之南"会放他们的电影。

易先生说："新纪录片运动是中国当代最重要的文化成就！"他来晚了，罚酒一杯后接着说："云之南"缺钱，但还是要办下去。这让我想起 2007 年我去日本山形纪录片电影节当评委，碰到了易先生的同事和渊，他从云南带了些工艺品来卖，一边参加电影节一边为艰难运行的"云之南"募集款项。今天，满中国到处是一掷千金的展会，可最有价值的影展人们反而不知道它的价值。今年 3 月，两年一次的"云之南"又要开幕了，不知道今年易先生的日子会不会好过一些。

"云之南"的办公室设在云南大学附近，在翠湖边上的一个居民小区里。易先生说四年大学习惯了，办公室就设在了大学附近。这条胡同叫"先生坡"，"先生"二字让我想起云南历史上诸如"松坡先生"之类的刚烈之士。我和易先生走在先生坡上，突然找到了一股民国初期年轻人身上的豪情。他说今年收到了好几部来自我老家山西的纪录片，里面都有一个太原的公园，其中一部干脆就叫《公园人民》，我脱口而出那一定是迎泽公园。如果在异乡的银幕上遭遇故乡的风物人情，那感觉是幸福还是悲伤？

对了，他们的影展叫"云之南"，不是"云南印象"。这里演出的纪录片，绝没有"印象"二字的乖巧和轻浮。

原载《中国周刊》（2011 年第 3 期）

春日开博

　　80 年代中，我还在念初中的时候，有一阵报纸电视里突然常常谈到电脑，好像实现"四个现代化"非电脑不能完成。学校一堵墙上也用白粉刷了美术字：计算机要从娃娃抓起。可那时候县里没有计算机，也就没人在这方面抓我们这些娃娃了。

　　高一第二学期开学，课程表上突然多了计算机课。班主任对着我们这些嘴唇上已经长出细细绒毛的学生说：你们已经落后了，在北京、上海，人家从小学就学计算机，你们要知耻而后勇。我说一句：这耻关我们什么事？就被老师请出了教室。他是个好老师，常在晚自习时给我们念《新华文摘》上的政论文章。现在想来我的话之所以扫了他的兴，或许是因为打扰了他的现代化梦。计算机课学的是 BASIC 语言，现在我对这门课毫无记忆，只记得教计算机课的老师每次下课都声嘶力竭地强调：同学们记住，进计算机室一定要穿拖鞋，穿拖鞋。上次想起计算机课，还是在看《功夫》时，见周星驰踢飞腿的脚上穿了一双拖鞋。

我们的日常生活里没有电脑，也就对电脑将给生活带来的变化毫无预见。中学英语书上倒有一篇文章是讲网络的，说通过电脑可以买菜、购物、缴费。我一直以为这篇课文是科幻小说，我不相信这些东西会出现在我的生活里。就像不相信地理课上讲的高速公路会出现在我家门前一样。

转眼到了 96 、97 年，我在电影学院上学的时候，宿舍里开始有同学用电脑了。当时中关村有一种业务是出租电脑，你放一笔不菲的押金进去就可以把 386 搬回宿舍用。这样同学们写论文准备毕业、写电视剧打工挣钱就方便了许多。我们班上有一个天津来的女同学是最早租电脑用的，很多同学们去她那里咨询租电脑的事。有一天楼道里突然传来她的惊呼，原来她准备自己买一台电脑，将租来的电脑还回去的时候，才发现那家公司已经卷款消失了。这之后电脑迅速更新，不断降价，租来的 386 很快就被淘汰了。

网络普及是稍后一两年的事，我也是很早上网的人，除收发信件外一直只在几个门户网站看新闻。我不懂怎样上网留言，也不知道怎样上 BBS 跟人吵架。我对科技紧张，又不好学，也就只有潜水的份了。博客产生的时代，好几家网站找过来希望我能开博，我上网"潜了潜"，却对博客有些排斥。上面很多人在晒自己的人际关系，间或党同伐异。我乐于看热闹，却觉得没什么写的需要，所以一直没有开博客。

转眼物换星移，我们的生活里又出现了微博，新浪的朋友上门邀约，可我除了知道每次只能写一百四十个字以外，还是搞不懂微博和博客到底有何不同。前不久看电影《社交网络》，看新闻中东巨变，了解 Facebook 在其中的影响，突然发现或许自己在网络生活里过于保守了。偶尔和一天要写数十条博文的潘石屹聊天，问他：微博是不是占用了你太多的时间？他说：你真的应该试一试，就像生活本身就是在占用时间一样，你能不生活吗？他建议我尝试一下，不一定要成为一个微博控，潜潜水也能了解人们在谈些什么。特别是在今天中国的媒体现实下，真实的声音可以在微博上看到。人们也会在微博上成长，当你发表的意见受到认同或批评的时候，你会在这样的互动中成长。

我被他说服了，主动打电话约新浪的朋友过来培训我。实际上操作非常简单。开通的一刹那面对电脑，我不知道网络的终端连接的究竟是谁，就只打出一个字：谁？几秒钟后页面上就有了回复，面对我的确实是一个活着的、运动着的世界。

拍电影有一个特点，就是周期非常漫长。当你瞬间有一个想表达的内容，可完成它的时候已经两年三年过去了。我们生活在这样剧烈变化的时代，每天都会遇到各种事情，时时想表达自己的感受，交流彼此的想法，那么怎么办？我发现写微博是一个非常好的办法，可以弥补我电影工作的缺陷。有一天中午吃饭，看到一对中学生恋人，想起了自己的青春，回办公室有感而发写了篇微博：

天儿暖，有些春天的样子了。刚才吃饭，一对儿中学生恋人坐在窗前，男孩显然不熟悉菜单，一页一页仔细阅读着，在像看着考题。女孩一直看着窗外，他们那样宁静。男孩点菜那么慎重，是第一次约会吗？这餐饭仿佛关系着他的未来，好像代表着他能给她的生活。望着他们，我春心荡漾。

有出版社联系我，想把我的微博出书。能出书吗？都说微博是碎片，或许它是碎片，但我还是想把每条微博都保留下来，这是我生活的证据。我写了两句诗，真要出书时可当书名，但不知用前一句好，还是后一句好：

不忍成碎片
捡起做文章

原载《中国周刊》(2011 年第 4 期)

远在他乡的故乡

1998 年，我带着《小武》去参加柏林影展青年论坛。那年我已经二十八岁了，这是我第一次出席国际电影节，也是我的第一次欧洲之行。一个人从北京搭乘汉莎航空的航班出发，起飞后不久大多数乘客就都睡着了。机舱里异常安静，我却大睁着眼睛不肯入眠，脑子里不时闪过法斯宾德或文德斯镜头下的柏林，近十个小时的航程我是在冥想中度过的，一会儿柏林、一会儿北京、一会儿我的故乡汾阳。

多年之后我想，我之所以到现在还热爱所有的远行，一定跟故乡曾经的封闭有关。而所有远行，最终都能帮助自己理解故乡。的确，只有离开故乡才能获得故乡。

那时候两德统一还未满八年，人们习惯上还把目的地称为"西

柏林"。可我偏偏对"东柏林"感兴趣，放下行李拿上一张酒店
的地址卡，我便在暮色中坐一辆公共汽车出发了。每到陌生之地，
我都喜欢这样漫无目的地游荡，喜欢在偶然中遭遇一座城市。公
共汽车从动物园附近出发，穿过城市向东而行。没有跟当地人说
一句话，车窗外的建筑像是能告诉我一切。西边儿的马路基本上
呈放射状分布，路边建筑的设计也表现出开放状态。可一到东边，
横平竖直的街道和平板的办公大楼就似曾相识了，国营体制的感
觉毫不掩饰地经由建筑表现了出来。

我下了公共汽车，遥望西柏林方向。远处大厦上奔驰汽车的
广告在夜幕中旋转闪烁。那时，不知为何我脑子里突然冒出一个
词：资本主义的柏林。这里的观众能理解社会主义的汾阳？我问
自己。《小武》拍摄于我的老家汾阳，那里尘土飞扬、城外的军
营每天军号阵阵。真奇妙，再过两天，我就要将故乡的风景人物，
放映给异乡人看了。

1998 年的柏林电影节还有一个导演，也用电影将他的故乡
带到了柏林。这部电影的片名就叫《小镇》，导演是来自土耳其
的锡兰。锡兰 1959 年出生在伊斯坦布尔，他是在当兵期间看了
波兰斯基的自传，开始爱上电影的，他常自编自导自演，和他的
妻子一起出现在自己的电影中。在看《小镇》之前，我从来没机
会知道土耳其的小镇会是什么样的，也不知道那里的人们怎样生
活着。

坐到电影院里，灯光暗下、银幕闪亮的时候，才知道《小镇》
是一部黑白电影。电影一开始就是小镇漫天的大雪，这是我熟悉

的。原来土耳其小镇上的孩子们跟我一样，只有天气的变化才能给一成不变的生活带来新鲜感。这时，银幕上一个孩子穿过山峦去上学，他进入教室，把雪打湿的鞋子脱下来，烤在火上。火炉温暖，窗外寒冷，这不就是我小学时冬天的记忆吗？接着，孩子脱下他的袜子，挂在火炉上，袜子上的水滴，掉在火炉之上，"吱吱"蒸发的声音，一点一点滴在心上。

锡兰的《小镇》是那种用电影语言超越了语言的电影。你不用看懂对白字幕，单是通过电影的画面，我们已经能够理解导演的世界。锡兰是一个能把气候都拍出来的导演。那种雪后的寒冷，雪地上玩耍的孩子们身体里面的热气。被雪冻得麻木的双脚，袜子上掉下来的水和炙热的火炉相碰撞冒出来的蒸汽，都是这部电影的诗句。我不喜欢跟踪电影的情节，对我来说看电影最大的乐趣，是看导演描绘的诗意氛围，没有诗意的电影对我来说是沉闷的电影。

记得在黑泽明导演生前，侯孝贤去拜访他。黑泽明问自己的助手：你知道我为什么喜欢侯孝贤的电影吗？他的助手讲了很多哲学的命题，黑泽明摇摇头说：不是，我在他的电影里，能看到尘土。

锡兰导演呢？我想我在他的电影里，能看到天气。

《小镇》的声音世界让我迷醉。在他的电影里面，夸张了很多声音，那些声音被他从纷繁复杂的现实世界里提取出来，给我们一种熟悉的陌生感。水滴在火炉上被炙烤蒸发的声音，大自然里面动物的鸣叫声，远处隐隐约约人的喊叫声。鸟叫虫鸣、风声雷鸣这些被我们在日常中忽视的声音，在影片中被提炼出来，强调给我们。这些声音，帮助我打开了记忆的阀门，甚至能让我想起我从未回顾过的曾经的岁月。

在《小镇》中锡兰拍了很多微观世界的镜头，动物，树木，一草一木的细节、纹路、肌理。树木动物这些与我们共存于这个世界的生命，我们从未这样专注地细心地凝视过它们。当锡兰带着摄影机去凝视被我们忽略的大自然的时候。其实我们看到的是被我们忽略的自己，我们内心的感受变得如此粗糙。是因为我们从来没有这样耐心地聆听、凝视过这个世界。

通过锡兰的电影，我突然发现其实我们还有一个故乡远在他乡，因为无论在土耳其电影，还是哈萨克斯坦、伊朗电影中，我都找到了我的故乡。我自己解答了自己的问题：在资本主义的柏林一定有人能看得懂我的《小武》，我相信他们在我的电影里同样可以找到他们的乡愁。

原载《中国周刊》（2011 年第 5 期）

在怀来"被捕"

夜里睡得很不踏实，天快亮的时候突然醒来。外面车流逐渐变得密集，就这样听着马路上的噪音反而有了倦意。后来不知不觉又睡着了，后来迷迷糊糊地在梦中见到了贾法·潘纳西导演。

梦里我们同乘一辆车从香港机场往港岛走，应该是早晨可是看不到朝阳。青灰色的大海、山峦在窗外闪闪而过。四下空无一人，原来这是一座空城，像梁漱溟笔下日本兵刚进来时候的香港。车左转右行，贾法一直看着我笑，眼睛里还是满怀好奇的清澈。我在他的注视中醒了过来，躺在床上无比的惆怅。我知道他在狱中，我知道除了签名声援，我什么都做不了。

我和伊朗导演贾法·潘纳西是在 2000 年威尼斯电影节上认识的，那一年他带《生命的圆圈》参赛，闭幕那天早上在酒店餐厅见他一个人兴冲冲地吃早饭，我就知道他赢了。当天晚上他收获了金狮奖，几天后在多伦多影展又碰到他，他在酒店大堂和所有认识的人拥抱，满脸春风像极了新郎官。他身材短小但精壮，样子很像初中时教我写诗的语文老师，心里自然对他亲近了几分。后来总在各地影展见面，便成了朋友。2007 年在香港碰到他，贾法突然对我说想来内地，他说：上海，或者北京，都可以。我说：好，我来安排。可我还是太慢了，他还没有如约来北京便已经被捕了。2009 年伊朗总统大选后，贾法因为支持前总理穆萨维，于 2010 年 12 月被判入狱六年及二十年不许拍电影。他的老师，阿巴斯导演说：贾法·潘纳西被捕，是整个电影艺术受的攻击。

起床后照样要去公司上班，那天车从地库开出来上了四环，抬头远望正是阳光灿烂的时候。远处西山连绵如黛，似在召唤故人。不由得想起古人两句诗：向晚意不适，驱车登古原。有了这种心境，车过八达岭高速时便突然想：何不自我放逐一次？不去办公室，随风随阳光四处走去。不知不觉车已开到官厅地界，这条公路我是熟悉的，为了拍片往返大同此乃必经之路。前面将近怀来县城，思绪一下活跃起来。从高速公路望下去古城依然平静，但那里却有着一段我的往事。

2008 年奥运期间，我正准备拍摄一部有关环保的短片，需要一个液化气加气站的景。当时北京交通管制甚严，算是没有了拍片的可能性。制片建议我去河北地界看看。我们不知不觉驱车进了怀来，四处打听有没有换天然气罐的地方。果然在城边找到一座巨大的加气站，宽敞的平房里一大片整齐码放的灰色的气罐，俨然不像是一个日常之所，更像某个特立独行艺术家的装置作品。外形、大小、颜色一样的气罐纵横排列开来，呈现一片灰色的时候，真有些超现实的感觉。

我们正在拍照，突然外面一阵大乱。几辆警车将我们包围在了仓库里面，便衣、特警，还有戴红箍的群众冲进来，将我们几个扭送到了派出所。原来正值奥运期间，有群众举报一伙不明身份的人在怀来县城到处打听何处有天然气站。天然气可是爆炸危险物，要是反动分子前来搞破坏，那事就大了。进了派出所负责的警官和我对眼神，目光僵持了一会儿警官倒笑了，说道：你是贾导，我认得你，先说说你此行的目的。我便把拍片的手续、脚本递给他看。警官说：你们把身份证都交出来，查查有没有前科，用香港电影里的话说就是有没有案底。我说：你不是认识我吗？警官笑笑：到了咱这儿就要履行程序。所有人的身份证被收起来，另一个警察拿到另一个房间去上网查验。此时屋里静极了，一种被拘役的感觉弥漫起来，上了心头。

门口出现了一个年轻警察，他手里拿着一台相机，有些羞涩地笑着问道：可以合影吗？我点了点头，以为要拍照留底做档案。年轻警察却走到我身边，招呼来几个警察一个一个轮流和"嫌疑人"合影留念。验明正身之后，我们一行开车驶入高速公路。怀来县城被远远甩在身后，突然有一份离奇的感受留在了心中。对，离奇，超现实，像梦。

想着我的怀来往事，车继续西行，路牌上已经出现了"张家口"三个字。一到口外，四下荒凉粗犷。在张家口宝善街找到著

名的涮肉馆，饱餐之后这城市已经到了傍晚的宁静时分。我最喜
欢在日夜交替的神秘光线中赶路，这城市远处山头上亮起了灯火，
一片璀璨的灯火远在天边。我想象远处海市蜃楼般的灯下是一片
新区，住在那里的人可以俯瞰大地，遥看尘世。夜幕已到，该返
回北京了，却突然觉得北京是一座内分泌紊乱的城市。

原载《中国周刊》（2011 年第 6 期）

七喜少年

一开始，我们都叫他"王子"。

王子昭是北京孩子，去年刚从电影学院导演系毕业。我的办公室离学校不远，王子昭打听到地址，径直推开门将他的短片DVD留给前台，说：给贾老师看看。我从外面办事回来，同事给了我光盘。上面字迹潦草，写着三个大字：大无畏。可导演后面的名字，却只能看清"王子"两个字，后面的"昭"字被他马虎掉了。我不免一笑，索性就叫他"王子"好了。

王子的片子只有十分钟，是他的毕业作品。后来听说为拍这个片子费尽周折，王子自己贴钱不少。我向来喜欢愿意自掏腰包拍短片的年轻人，起步阶段人人缺少资源，自己愿意倾其所有旁人才肯鼎力帮助。这让我想起自己起步阶段的往事，想起剧组每晚收工只吃得起蛋炒饭的学生时光。那天，我把他的片子放进DVD带仓，突然想他才刚毕业，应该还只是二十二岁的年龄。

我一边看一边笑，《大无畏》由王子昭自编自导自演，讲一个年轻人想割掉自己的包皮，他羞涩地来到小镇诊所，"医生"把他带上二楼，叫人来帮他剃毛准备手术。一阵脚步声后，来为他剃毛的是竟然是中学时候的女同学。电影里，王子专注地望着女生，脸上的肌肉微微颤动。我不禁大笑起来，这故事有隐私，有幽默，更重要的是拿自己开玩笑的大无畏，整个短片讲年轻的生命如何遇到最初的尴尬。显然王子昭已经做好了准备，迎接未来日子里所有那些局促不安。

王子昭出现在我面前的时候，跟电影里的形象截然不同。生活中的王子昭戴着眼镜，比电影中的形象显得稍微成熟了一些。他一直故意佝偻着身体，我熟悉这种身体语言，很多年轻人用这样的形体来显示他所向往的老成。那时候我正在准备"语路"计划，想要邀请几个年轻导演一起合作纪录片。王子昭自投罗网，成了我们中的一员。

约了第二天开会见面，结果他迟迟不来。通过电话才知道，昨夜他一个人出去喝酒，醉酒后打车回家，结果早上醒来怎么也想不起把车停在那里了。他东奔西走一上午，才找到了自己的车。开会商量拍摄的时间，王子昭说：导演，我能晚拍几天吗？他要去德国参加一个短片展。我当然同意，经风雨见世面当然是件好事。我不禁感叹：二十二岁就可以拍到短片，就有汽车开，就有机会去德国交流，不是"王子"至少有些"公子"的感觉。但，这个公子真有些情怀，他有勇气面对生命中的难堪、不测，并把这些私人体验与广阔的社会发生关联，更年轻一辈在这方面比我们更加坦然，走得更远。

《语路》拍得很顺利，几个导演轮流在我的办公室剪片。常看王子昭一个人走到窗前，望着窗外喃喃自语：也有迷茫的时候，不知道力气该往哪里使。这是他片中人物，上海定制旅游公司创始人肖鹏在电影里的台词。王子昭跟他片中的主人公肖鹏年龄相仿，肖鹏的这番话或许帮王子昭说出了自己的心声，偶尔看他摘下眼镜，擦拭镜片的时候，我能一眼看出写在他脸上的少年愁滋味。少年之愁是别人帮不了忙的，很多问题需要用时间来解决。

这之后，我们不再叫他"王子"，开始叫他"新新人类"。

6 月参加上海电影节，王子昭打来电话，说他的《大无畏》入选了上海电影节手机单元，他也会去上海，我们约好在上海见。正是梅雨季节，王子昭穿着白色印着卡通图案的 T 恤，戴着眼镜，穿着短裤。他头发蓬松，双手插在兜里。同事远远地看到他都笑，其中一个说道：这不就是七喜广告中的七喜少年吗？

很快，大家都开始叫他"七喜少年"

上海之行，让我对七喜少年有了新认识。一天下午，在我住的酒店大堂跟他一起叫车，我让他上楼帮我拿落下的书，他转身上楼。酒店门童看他走远说道：贾导，原来你认识他。门童说：他昨天在大堂睡了一夜。原来七喜少年在上海几乎夜夜饮酒，那天晚上他一个人看街边有人唱卡拉 OK，便参与其中与陌生人高歌。他不肯让人散去，答应帮大家买单。人散后，他忘了自己的酒店名字，知道我们住在上海影城旁边的酒店，便打车过来。他进大厅后便失去知觉，在大堂的沙发上睡着了。

他给我讲他昨天的故事，我没有说话。他撸起双臂，上面布满了摔倒时留下的淤青。晚上大家聚会，我不许他喝酒。或许颓废醉酒是一种李白式的浪漫，但对导演来说除了爱、激情还要有理性。的确，导演本质上是一个理性的工作，你要带领一百个、两百个人的剧组克服各种各样的困难完成影片，仅有激情是不够的。这一次七喜少年好像听进去了我的劝告，连声表示不再喝酒。

第二天手机电影节颁奖，他的《大无畏》获得了最佳喜剧奖。七喜少年上台说道：手机电影节真好，让我们在没有机会玩大银幕的时候先玩下小荧幕。他用了两个"玩"字，坐在一旁的徐克导演开怀地笑了。

七喜少年试图用喜剧的方法面对这个世界，但我总忘不了他站在办公室窗前，摘下眼镜的时候，喃喃自语的神情。他反复念着自己电影中的台词：也有迷茫的时候，不知道力气该往哪儿使。

原载《中国周刊》(2011 年第 7 期)

做了一个汉奸梦

一到多伦多，便不断听到有人说：现在大陆过来的人越来越多了。

我是 9 月份去的多伦多，《海上传奇》在这里做北美首映。多伦多电影节是北美最大的电影交易市场，一般来说，我们的电影愿意选择 5 月在戛纳或者 9 月初在威尼斯进行全球首映，之后就会奔赴多伦多。选择欧洲全球首映是为了在艺术上收获共鸣，来多伦多可就是实打实地签约卖片做生意了。

去那么多次多伦多，对这个城市还是陌生。有时为了辨别方向，不得不停下来遥望远处高耸云端的电视塔。这里大部分街道横平竖直非常规律，但我还是经常迷路。一到唐人街就不同了，我熟悉这里的每一家茶楼酒肆，也能和服务生用广东话瞎聊几句。

人最难改的就是饮食习惯，无论去欧洲还是到北美，每到一个城市，我都必先找到一家自己中意的中餐馆。我热爱广东早茶，在多伦多每天都必去客满楼：先在楼下买一摞中文报纸，然后坐在茶楼里饮香片吃烧卖看报纸。食客一年比一年老龄化，但夹杂在一群颧骨高耸、皮肤黝黑的广东老伯中间，翻着《明报》《星岛日报》上的政论文章，也算是属于我的惬意时光。手里的北美版香港报纸倒一如既往地无所顾忌，谁上谁下的人事内幕，谁进谁出的法律纷争，谁被流放谁被引渡，都白纸黑字写了出来。

这片老唐人街似乎也真成了老年人的世界，那些流连在菜市场里的老人，他们的衣着和郑州、太原、长沙、武汉，和我在中国任何一个城市碰到的老人没有两样。他们拎着菜筐，仔细地挑选着每一棵白菜，每一粒西红柿，老人们的脸上仍然保留着计划经济时代、物质匮乏所形成的表情。他们的孩子，那些优秀的中国年轻人，他们一定正在操着英文，出入 IT 公司或研究机构，做着成为另一个李开复和李彦宏的梦。他们的父母远涉重洋，也乐于继续发挥余热为孩子们服务。这样的中国家庭在北美很多。在唐人街，除了新添的简体字之外，越来越多的是新到的计划经济面孔，可年轻人在哪里呢？

年轻人正在积极地融入当地社会。在多伦多电影节新开的电影院里，我遇到的国人几乎都是"新新人类"，他们从城市的各个角落涌到电影院，单从衣着面貌很难判断他们是中国愤青还是日韩后裔，很难看出他们就是唐人街里那些拎着菜篮子的老人的下一代。但只要他们旁若无人地聚众聊天，那神情还是能一下暴露出刻在年轻人脸上的，绝对中国原创、不知分寸的单位气质。

《海上传奇》放映之前，我早早出发去电影院。一到电影院门口，就遇到几位扛着摄影器材的同胞，他们是新华社的记者。一聊才知道，新华社在世界很多城市新建了记者站，现在增加了视频报道，想要打造成中国的 CNN。软实力需要洋雇员，新华社的报道组里常常可以看到"老外"。原来祖国经济发展也让老外竞折腰，什么能问什么不能问这些洋雇员一清二楚，不知道他们是不是每周也会参加新闻通气会。他们的问题总在中国的影响力上打转：你怎么看待中国电影在世界的影响力？你认为西方观众为什么热爱中国文化？说实话，这样的问题我每次都答不出来。自己的工作被用来证明大国崛起，这实在是让人难为情的事情。因为我知道，文化影响力不是拿钱到好莱坞办个电影节，或者去各大影展办办××之夜、放放烟火就能解决的。

终于轮到我上台，向观众介绍我的新片《海上传奇》。台下满场，让我心生得意，一半亚洲面孔，一半西方长相也呈现了多伦多的移民特点。我讲道：这是一个由私人讲述构筑成的城市记忆，片中有很多采访，我必须找到那些历史事件的当事人，聆听他们生命经验中的细节，才能理解历史。因为对我来说，没有细节的历史是抽象的。

这次大会安排给我的翻译是一个原籍天津的女孩，她八岁出国在加拿大长大。翻译的中文口语非常熟练，只是我从小被学校训练，习惯用书面语演讲，这给她添了些麻烦。当我谈到"没有细节的历史是抽象的"时，她一时找不到恰当的措辞就翻译成了

"历史是模糊的"。这时候，戏剧性的一刻发生了。台下一位年龄不超过二十五岁的中国女生，突然站起来打断我的发言，高声说道"翻译在篡改导演的讲话！"，剧场瞬间安静下来，人们被这一幕搞懵了，都愣在那里。那位中国女生突然用英文讲起来，然后又把自己的话翻译成中文，她说：导演说历史是抽象的，而翻译却故意翻译成历史是模糊的。让西方观众以为中国不重视历史，什么都是模糊的。这是别有用心地抹黑中国！我愣在那里，一下子没想明白"抽象"和"模糊"的区别，因为同时我在想另一个问题，一个翻译上的错误，是不是有必要上纲上线说成故意抹黑中国。

我一时想不明白，好在主持人换了话题问我，我开始继续介绍电影。过了一会，当我从舞台上走下来的时候，这位女生突然拉住我激动地说：你的翻译是不是台湾人，看样子应该是台湾人，她在故意歪曲你的讲话，她在抹黑中国，她应该是"台独分子"。我说：不，她是天津人。她愣了一下突然跑到旁边的新华社记者那里，面对摄影机说：刚才那个翻译歪曲导演的讲话，她在西方人面前讲中国人不尊敬历史，中国的历史是模糊的，你们一定要把这个事情揭露出来。

我像局外人一样，站在一边看着这位女生。她将个人、政府、国家概念模糊在了一起，为了虚无的面子，可以无视一切，这就是她的"爱国主义"吗？她的低龄也让我吃惊，是什么造就了一个生活在北美的中国女孩如此激烈的国家主义信仰，和如此脆弱的国家信心？

不是在北京，而是在北美，让我遭遇了年轻的"爱国者"。

10 月初我从香港搭飞机，去温哥华影展做"龙虎奖"的评委。已经十二年没有去这个城市了，偶尔看到有关温哥华的新闻，大多和赖昌星有关。有部电影叫《坏蛋睡得最香》，不知道赖先生在这座移民城市里偷生，睡眠是否和在厦门时候一样的好。温哥华成了中国亡命者的归宿，富人的桃花源，贪官谋划出走的远方。

飞机上看《苹果日报》，整版关于钓鱼岛的报道。中国开始用稀土反制日本，成都的年轻人开始上街游行。日本是中国人现代化路上遇到的虎狼，晚清以来国人屈辱的记忆每次都会在钓鱼岛问题上苏醒。有人在比较中美、中日的海军实力，同一张报纸上的两篇文章，一篇说解放军有能力一战，另一篇则说依目前实力还是韬光养晦为好。我看糊涂了，便糊里糊涂睡了过去。

飞机一落温哥华，到达大厅里便响起广东话广播。这让我亲切，香港之外好像世界各地的机场只有温哥华有这项服务。这里有很多香港移民，97 前尤甚，城里著名的中餐馆就叫"翠亨邨"。孙文先生四海为家，他老家的名字也便四海皆有了。看来冬奥会对温哥华还是有些影响的，多了些新建筑。倒是电影节接待客人的酒店没变化，一进屋门，连衣服也没脱便在床上睡着。

这夜，我做了一个梦。

我梦见五棵松体育馆，正在举行一场巨大的集会。北京有五棵松体育馆吗？我不知道，但梦中是这样的。很不幸，集会是由占领者日本人举行的。在梦中，北京又被日本军队占领了。一群时常在媒体上露脸的中国人，被集中在体育馆的入口处。队伍中没有人喧哗，也少了平常的意气风发。我从入口望进去，里面每一排都坐了几个拿着洋刀的日本军人，他们旁边的空座位上贴着名签，名签上有白岩松、水均益，也有梁文道、陈丹青、张艺谋、章子怡、郭德纲……我眼一黑，竟然看到了自己的名字。整个会场到处是木刻的樱花和不熟悉的军乐旋律，我们这些被占领土地下的所谓文化人，惶恐地聚集在一起。这时候，有军人吹响哨子让我们入场。一群人站在门口痛苦之极，梦中的贾樟柯告诉贾樟柯：你如果往前走一步进去，就会成为周作人、就会成为胡兰成、就会成为像那些前辈一样的汉奸，你要往前走一步吗？在梦中我经历了此生最大的焦虑，我一下子醒来，发现自己泪流满面。

醒来后，知道是梦我还是好羞愧。这种强权下的选择是如此屈辱不堪，这是历史传承给我们的焦虑吗？

天一亮又是新的一天，电影节说有中国来宾要外出观光。我上了车，车里没一个我认识的人，他们是电影工作者吗？好像不是，原来这是国内旅行社和电影节合办的温哥华电影节考察团，车上坐满了"制片人"。大巴直接开到温西山上豪宅区，这些制片人立刻就变成了大陆看房代表团。他们仔细询问着价钱，法律手续，一点都不是起哄，真金真银地马上就要干上了。不知这是不是大国崛起的绝好例证？钱多了，好像可以买下一切。市场成了唯一的砝码，中国人变成只有一个身份——买家。我们只是世界的客户，说明我们在文化上还远远不是主人。

晚上电影节放映《海上传奇》，开演前进来一位九十多岁的上海老奶奶。听说她 1949 年离开上海后，再没回去过。放映结束的时候，看她的家人把她用轮椅推走。我不敢跟她交谈。对电影，对上海她怎样反应，我都无法承受。离开家六十年，看到今天的上海，她会跟我说些什么呢？长久的分别，再次相遇的时候都会是一种尴尬。

有一位女生，二十岁左右怯生生的样子，放映后她问：导演，我想问你一个会让你不愉快的问题，你为什么要拍这样脏兮兮的上海，拍这些有政治色彩的人，给西方人看吗？我说：我在拍上海的某个侧面，上海除了浦东、淮海路之外，还有苏州河两岸密集的工业区，还有南市那些狭小的弄堂，生活就是这个样子，上海就是这个样子。女生突然愤怒起来：那你有没有考虑，你的电影被外国人看到，会影响他们对上海、对中国的印象，甚至会影响外国人对中国投资的信心？我也愤怒起来：想那么多外国人干吗？就为了那些投资，为了外国人怎么看中国，我们就忽视一种真实的存在吗？中国十三亿人口中有很多人依旧生活在贫穷的环境中，难道我们可以无视吗？

短暂的沉默后，女生对我轻蔑地一笑，说道：是啊！为了祖国的尊严，我们当然不应该描述那些人的情况。

我被她的话惊成了傻子，我突然发现了这些"爱国主义者"的逻辑。他们所谓的"爱国主义"就是基于那些虚幻的国家意识，而忽略活生生的人的命运，这其实是畸形的爱国主义。脱离人本主义的"爱国主义"是可怕的。如果集体回避我们的社会问题，如果我们的文化没有能力反映我们生存中的真实困境，未来会怎么样呢？

　　今天我们用电影描述我们的不堪，给社会一种改变的要求或许才是可行之道。如果人人粉饰太平，也许有一天，我们真的会被别人用枪押着走向五棵松体育场，去面对那样的选择，去面对我梦中既陌生又熟悉的不堪的选择！

原载《中国周刊》（2010年第12期）

广场种满树会是多少棵？

我上小学家里的大人都在单位忙着清理"三种人"，他们一天到晚开会不回家，我们这些小孩子没有人管，成群结队在街头巷尾流窜，个个像疯长的野草。那时候，好像满街都是年轻人，从我们这些无人管教的六七岁小孩，到那些二十多岁从农村、林场回来的"待业青年"都在街上混。那年头除了看电影也没其他去处，于是街头便成了我们的娱乐场所。大孩子一帮一帮蹲在角落吹口琴，看手抄本，虽然轮不上我们插嘴，但小孩子可以围在外面看，也算间接参与了他们的活动。

记得有一天，一伙人又在十字路口聊天。突然一阵摩托车的声音远远传来，所有人都停止说话遥望着巷口。就见一辆摩托车由远而近，原来是邮局送电报的邮递员来了。我们的视线跟着摩托车走，等邮递员消失在巷子里的时候，一个大哥突然神往地说：我这一辈子要能有一辆摩托车就好了！他说这话的时候，县城里只有邮局和公安局这样的公家单位有机动车辆，当时谁能有一辆永久牌自行车已经是一件很奢侈的事情了。所以大哥发出感慨的时候没有人会在意他的话，那时候想有一辆摩托车不是理想是幻想。

可到了第二年，不知为什么街上突然出现了很多摩托车，很多人家买了重庆产的嘉陵轻骑。虽然嘉陵轻骑体量比公安局的250型摩托车小了很多，但毕竟开始个人拥有了机动车辆。我背着书包去学校，一路上看那些端坐在嘉陵上的大哥，他们个个春风得意得像移动的雕像。昨天还远在天边的摩托车，今天已经近在眼前了，就觉得生活真是布满了可能性。更神奇的是小学时有一天学校放电影，《祖国新貌》里介绍上海某个厂子生产出了洗衣机，没想到几个月后我们家就买了一台。生活真是日新月异。这几十年里物质层面的变化让人应接不暇，最少电视机、录音机、电子表、洗衣机、电脑、网络是无中生有、空降到我的生活中的。

生活在物质方面充满了可能性，但在另外一些领域却从不为我们带来惊喜和意外。

初中的时候看路遥的小说《人生》，主人公高加林为了施展才华从山村到了县城，牺牲掉乡村爱情结果却还是被清退回乡。这原因只有一个，便是他是农民没有城市户口。看完小说，我明白了我那些来自农村的同学为什么会头悬梁锥刺股地学习，他们中的很多人最大的梦想就是考上县师范学校，只要上了中专便可以把农村户口转为城市户口。在青灯下读完小说，我便想或许这不合理不合情的户口制度，很快就会从我们的生活里消失，就像摩托车很快会出现在我们生活里一样。但这次我错了，户籍制度到现在都屹立不倒。最近北京搞汽车新政，为了治理拥堵开始摇号买车。我看了看有关细则，作为一个仍然持有山西户口的人，我要是现在买车肯定是没戏了。我们的生活变化多端像魔术，有一些愿望马上可以实现，另一些愿望却遥不可及。

经过 80 年代的人，都经历了制度的变革给中国带来的转变，因此我们迷信制度，以为由体制变革带来的生活的可能性是无穷的。我们总是把改变生活的愿景被动地寄托在体制自身的改变上，事实上有什么样的文化就会有什么样的制度，有什么样的制度就会有什么样的生活。或许我们应该首先改变我们的文化，进而带来生活的改变。

有一次跟建筑师马岩松聊天，他兴奋地拿出他的一个作品的模型给我看。那是一个天安门广场改造计划，在他的想象中天安门广场种满了树木，树林下面一层是购物场、卡拉 OK、电影院……广场种满树会是多少棵？这不是问题，重要的是这里不再是政治集会的场所，这里可以容纳我们的日常。

原载《信睿》（2011 年 3 月号，总第 1 期）

我不相信，你能猜对我们的结局

我自己不知道所谓"第六代"是按什么来划分的。从年龄上来说，我比1990年就拍出《妈妈》的张元导演要小七岁，比认为自己是"第七代"导演的陆川大半年。我二十八岁拍出《小武》，从1998年起人们就把我归入"第六代"的行列了。

我一直觉得，过分地强调自己是第几代，或者过分地排斥自己是第几代，本质上是一样的。不想把自己归为一个群体，某种程度上是想强调个人的独特性，或者想回避"某代"所具有的负面影响。比如，一说"第六代"，就说票房差，这反而让我觉得，如果别人愿意，那好吧，我就是"第六代"。

我第一次知道"第六代"这个称呼，大概是1992年，在我投考北京电影学院的时候。有一天考完专业课，去美术馆看展览，顺便在那里买了一张新出的《中国美术报》，上面有一篇文章是介绍"第六代"导演的，当时，张元拍出了《妈妈》，王小帅正在拍《冬春的日子》，吴文光也拍出了他的纪录片《流浪北京：最后的理想主义者》，娄烨的《周末情人》即将完成。也是从这些电影起，开始了中国的独立电影运动。

第六代：过去挑战权力

在那张报纸里，有一段描述让我至今难忘。里面写到王小帅为了拍《冬春的日子》，扒着拉煤的火车，去出产地保定买便宜的乐凯黑白胶片。我常想象，今天已经发福的王小帅，那时候一定青春年少，身手矫健。河北大地繁忙交错，呼啸而过的无数列车上，原来还搭乘过一个青年的电影梦。

但，这何尝不是一个自由梦。

在当时的环境下，国人还没有普遍的意识，知道原来我们每个个人，也可以用一己之力，拍电影去表达自己独立的感受。当时只有国营的十六个制片厂，才有财力、有权力去拍电影，其余都被视为"非法"。

跟那个时候离开国家单位下海做生意的人一样，那些离开体制、独立制作电影的导演，很多人内心深处都有一个自觉的意识，就是我们个人要争取表达的权利。

当时，我是二十一岁的山西青年，读过几本小说，散碎的有一些美术基础，我是"第六代"的追随者，我一直以他们为师。

若干年后，当人们把"第六代"当做是一个不可思议的群体，不知深浅的堂吉诃德，看做是这个时代不合时宜的怪物的时候，我茫然地笑了。

叙利亚诗人阿多尼斯有一首诗：

> 大海没有时间和沙子交谈，
> 它永远忙于谱写浪涛。

诗人看事豁达，值得"第六代"学习。但，我还是想说，难道都忘记了吗？

从90年代开始，是谁用自己独立的精神，用怎样的努力在官方话语空间之外，开始有了个人的诉说。今天，整个社会可以讨论普通人的尊严。这些是不是得益于一大批"第六代"导演持之以恒地关注中国底层社会，呈现边缘人群，而呼唤给这样的人群以基本的权利？对，电影当然不是社会进步力量的全部，但回望90年代，电影是文化领域中和旧体制旧思维战斗最短兵相接的部分。很多人被禁止拍片，很多人依旧在拍片，很多观望的人对此冷嘲热讽。

我们看今天的年轻人，染着头发，在城市里穿梭，可以自由选择并公开自己的性取向的时候，是不是得益于张元导演的触禁之作《东宫西宫》？

变革的时代，还有更多的人被权力和经济利益抛向边缘，是哪些电影一直注视着这样的人群，最终在全社会形成共识——去关注弱势群体？这种力量部分来自"第六代"导演的作品。在我看来，"第六代"电影是中国文化在上个世纪 90 年代最光彩的部分。

这样的电影现在看起来无法产生利润，但是为什么不能够去帮助这些电影更好地被公众接受？我们的电影本来会有同步十几年成长起来的观众，我们背后本来有一个巨大的群体。而不是当我们拿着自己的电影，终于可以出现在市场的时候，迎接我们的是那些已经被好莱坞电影完美征服的青年。很多导演都会有无力感，但是延续中国电影文脉的，是那些真正坚持下来、不合时宜的人。

1997 年，经济变革加速，这一年，娄烨开始筹拍《苏州河》，王小帅推出《极度寒冷》，张元在筹备《过年回家》，章明刚刚完成《巫山云雨》，这一年，我开始拍《小武》，我很荣幸我被称为"第六代"。

作为一个电影运动，"第六代"导演今天已经分化，他们已经走向各自不同的领域，在这不算太长的电影生涯里，我们每个人都呈现了我们日常生活中的缺点，以及电影能力方面的弱点。但可以欣慰的是，我们中的大多数人的电影，选择跟现实有关系，选择跟真实有关系。这些影片，相互补充，相互串联，隐约勾勒出了一条中国变革的影像之线，不至于让中国人的真实遭遇在物欲的喧嚣泡沫中无迹可寻。这是一条划痕，刺痛时代，也刺痛我们自己。

现在挑战市场

我最难忘的是在 2003 年，在北京电影学院，那天大部分所谓"第六代"导演被宣布解禁。有一位官员说，今天我们给你们解禁，但你们要明白，你们马上就会变成市场经济中的地下电影。随后将近六年的时间，我亲身经历了新的、来自市场的专制。但需要指出的是，事实上，我们都不是市场的敌人，自由经济是诸多自由梦中的一种，我们没有什么好抱怨的，虽然知道市场有时候会跟权力勾肩搭背，但我们也愿意拥抱市场，并为此付出全部的精力和财力。

最讽刺的是每一次发片，媒体异常关心此类电影的票房数字，并喜欢提前宣判"第六代"电影的死刑。文艺片需要有相对长的市场培育时间，甚至头一两个月都只是它的酝酿阶段，但在发片前就宣布这些电影票房惨败，作为导演，会觉得是釜底抽薪。连观望三天的耐心都没有，观众自然散去，没有人愿意看死尸，只有人愿意看奇迹。

在市场的战斗里，硝烟滚滚，但我们依然存活了下来。这样一群打不死的"第六代"，我愿意属于它。虽然这场运动或许已经终结，但我们各自的电影生涯还会很漫长，就好像新浪潮之后，特吕弗变成了伟大的商业电影导演，拥有广泛的票房，戈达尔变成更加自我的电影作者，而更多的人在走中间路线。个人的电影得失，不能代表群体。因而也不能再以对群体的否定，来否定个人。这，过时了。

无论如何，我们都是一批忠实于电影的人，我们无论与什么对抗，譬如商业经济，都呈现出超凡的毅力。如果我们愿意承认一个国家的电影应该有文化的成分，我会告诉大家，在这十几年里，最具文化努力的电影大都来自"第六代"导演，而且很难想象如果失去这些导演的作品，我们气若游丝的电影文化，还有怎样的传接，我们还能有什么拿得出手的作品来告诉世界：中国电影文化还活着。

而对观众，对市场，最起码我对它依旧有激情。有另一首诗歌，来自拉脱维亚诗人贝尔社维卡：

你如披上群星欢叫的天空

我在你身上点燃我的爱

每次你伤害我

你只熄灭一颗星星

那么，我又为什么要悲声长叹？

未来挑战自己

跟任何一代导演一样，我们都会衰老，都会或早或迟失去创造力。生命中引诱自己下沉、游说自己放弃的另一个自己，日渐强大，青春岁月里从未有过的身的疲惫和心的厌倦，也不时会袭来，而私欲也准备好它的理由，笑眯眯来到我们身边。但对我来说，只要看到满街如织的人群，我还有动心的刹那，这让我想起最初拍电影的理由。

学会将滚烫的生命和真实的自我投放在自己的作品中，是我们的电影走向未来的理由。遗憾的是，一些人在第六代导演的电影里，突然遭遇了"自我"，因为不熟悉便错将"自我"当"自恋"。而如果一部影片没有自上而下的"精神"传达，便说：这电影没有主题。

可是，即使是幼稚的自我认识，传达出来的仍然是尊贵的个人感受。

不要担心我们的偏执，电影应该是一种娱乐，我们中的大部分人过去、现在都在捍卫电影作为娱乐的权利。但是，多元的态度不应该是专属于娱乐的专利，文化失去最后的栖身之地，大众的狂欢便开始成就新的专制。

我们中的人，还会拍出各种各样的佳作，也会拍各种各样的烂片。但，我相信只要自我尚在，就能保留灵魂。只要对现实尚有知觉，就代表我们还有充沛的创造力。

对不起，我说了太多的"我们"，因为一种电影精神不是由一个人构成的。结束文章之前，我想用老文艺青年的方法，来几句北岛的诗：我不相信天是蓝的／我不相信雷的回声／我不相信梦是假的／我不相信死无报应。

我加一句：我不相信，你能猜对我们的结局。

原载《南方周末》(2010 年 7 月 23 日)

侯导，孝贤

1989 年 9 月，侯孝贤导演的《悲情城市》获得了当年威尼斯国际电影节金狮奖，我是在县城邮局门前的报摊上读到这条消息的。那年整整一个春夏，特别是春夏之交的日子，我已经养成了每天下午骑自行车出门，到报摊上等候新消息的习惯。

悲情入心

记不清是在一册类似《大众电影》的杂志上，还是在一张类似《参考消息》的报纸上，我读到了《悲情城市》获奖的消息，比中国人第一次拿到金狮奖更让我震惊的是有关这部电影的介绍：1947 年，为反抗国民党政权的独裁，台湾爆发了大规模武

装暴动，史称"二·二八事件"。国民党出动军警镇压，死者将
近三万人。台湾导演侯孝贤在影片中通过一个林姓家庭的命运，
第一次描绘了台湾人民的这一反抗事件。

《悲情城市》的介绍还没有读完，一片杀气已经上了我的脖
颈。当时的海峡对岸已经将重大历史事件搬上了银幕。很多年后，
有一次和戛纳电影节主席雅各布聊天，他的一个观点让我深以为
是，他说：伟大的电影往往都有伟大的预言性。1987 年台湾解严，
1988 年蒋经国逝世，1989 年《悲情城市》横空出世。能有什么
电影会像《悲情城市》这样分秒不差地准确降临到专属于它的时
代呢？这部电影的诞生绝对出于天意，侯孝贤用"悲情"来定义
他的岛屿。仅凭这个动荡的故事和忧伤的片名，我把侯孝贤的名
字记在了心里。

黄昏时分一个人骑自行车回家，对《悲情城市》的想象还是
挥之不去。那天，在人来车往中看远山静默，心沉下来时竟然有
种大丈夫立在天地之间的感觉。这是我第一次看到"悲情"这个词，
这个词陌生却深深感染了我。就像十二岁那年的一天晚上，父亲
带回来一张报纸，上面刊登了廖承志写给蒋经国的信，在中学当
语文教师的父亲看过后连声说文笔真好，他大声给我们朗读："经
国吾弟：咫尺之隔，竟成海天之遥……"从小接受革命语言训练
的我们，突然发现我党的领导人在给国民党反动派写信时恢复了
旧社会语言，他们在信里称兄道弟，谈事之前先谈交情。这让我
对旧社会多了一些好感，政治人物感慨命运悲情时用了半文半白
的语言，"咫尺之隔，竟成海天之遥"这样听起来文绉绉的过时

语言，却句句惊心地说出了命运之苦。这语言熟悉吗？熟悉。这语言陌生吗？陌生。是不是台湾岛上的军民到现在还用这样的方式讲话？

1949 年，"旧社会"、"旧语言"、"旧情义"都随国民党政府从大陆退守到了台湾，出生在"新社会"的我，此刻为什么会被"悲情"这样一个陌生的词打动？就像看到侯导的名字，"孝贤"二字总让我联想起县城那些衰败院落门匾上，诸如"耕读之家"、"温良恭俭"的古人题字。我隐约觉得在侯孝贤的身上，在他的电影里一定还保留着繁体字般的魅力。

再次听到侯孝贤的名字已经到了 1990 年，那一年我学着写了几篇小说，竟然被前辈作家赏识，混进了山西省作协的读书改稿班。改稿班的好处是常能听到艺术圈的八卦传闻，当时没有网络更没有微博，文化信息乃至流言蜚语都靠口口相传。有一天，来自北京的编辑给我们上完课就匆匆离去，说要赶到离太原一百二十里的太谷县看张艺谋拍《大红灯笼高高挂》。出门前编辑丢下一句话：这电影是台湾人投资的，监制侯孝贤也在。我搞不清楚监制是种什么工作，但听到侯孝贤的名字心里还是一动。原本只在报纸上读到的名字，现在人就在山西，离我一百二十里。我想问北京来的编辑能不能向侯孝贤要一盘《悲情城市》的录像带，话到嘴边却没有出口，就连自己都觉得这个请求太幼稚。那是对电影还有迷信的时代，一百二十里的距离远得像在另外一个星球。

1993 年，我终于上了北京电影学院，离电影好像近了一些。果然有一天，在一本旧学报上偶然读到一篇介绍侯孝贤来学院讲学的文章，上面刊登了好几张侯导的照片。这是我第一次看到侯导的样子，他的容貌竟然与我想象的非常相近：个子不高但目光如炬，身体里仿佛隐藏了巨大的能量。既有野蛮生长的活力，又有学养护身的雅致，正是那种一代宗师的面相。文章讲到侯导将自己一套完整作品的拷贝捐赠给了北京电影学院，这让我一下有了盼头。

但在看他的电影之前，我还是先跟一本有关《悲情城市》的著作提前遭遇了。

梅县来的人

电影学院图书馆有一个港台图书阅览室，书架上摆了一些港台杂志，可能因为这里的书都是繁体印刷，所以来的同学少，我就把这儿当成了自己写剧本的地方。

有一次我注意到角落里有一个书柜没有上锁，打开后发现满柜子都是台版书籍，其中大部分是台湾远流出版社的电影图书。突然一册《悲情城市》入眼，封面上是梁朝伟悲愤而无奈的神情，我一页一页地翻着，书里的每一幅剧照都好像同时凝聚着剧情和诗意：天光将尽时，为送儿子当兵入伍，一个庞大的家族在暮色中合影；雨中的旷野，一个出殡的家庭，几个穿黑西装的男人怀抱遗像看兄弟入土；无名的火车站，一对夫妻带着孩子在寂寥无人的月台上等待着远行。这是大陆电影从来没有出现过的笔触：国家，政党，家族，个人；生老病死，婚丧嫁娶；黑暗中降生的婴儿，细雨中入土的兄弟。浓烈的仇杀，散淡的爱情。日本人走，国民党来。台语，国语，日语，上海话；本省人，外省人，江湖客。

等日后终于看到电影，当这些画面在银幕上运动起来以后，近三个小时的《悲情城市》让我觉得整部电影像摆在先人画像前的一束香火——往事如火惨烈，时光却诗意如烟。长镜头下，初来的政权还在忙着建立秩序，压抑的民众已经走上了街头。枪声是否是我们的宿命？命运的法则高高在上，却从来不给我们答案。电影中最幽默的一笔是国民党政府退守台湾后，市面上开始流行国语，连日本人建的医院也得组织大家学普通话，难为这些老大夫摇头晃脑地念着：痛，肚子痛的痛。而最悲哀的一笔莫过于"二·二八事件"发生时，本省人在列车上找外省人寻仇，会不会讲台语成了验明正身的方法，可电影中的梁朝伟是个哑巴。这部电影复杂而多情，悠长而克制。仿佛银幕上的一切都是我们刻骨铭心的前世经历，这些记忆在我们转世投生后已经遗忘，侯导的电影却让我们回到过往。

在中国人的世界里，只有侯孝贤能这样准确地拍出我们的前世。

这种感觉在看过他的《戏梦人生》、《好男好女》等影片后越发得到了印证，最叹为观止的是《海上花》开场长达七八分钟的长镜头。一群晚清男女围桌而坐，喝酒抽烟，猜拳行令，摄影机在人群中微微移动，好时光便在谈笑中溜走。华丽至腐朽，日常到惊心动魄，这电影每一格画面都恰如其分，满足着我对晚清上海租界生活的想象。整部影片全部内景拍摄，让人寂寞到死。就像那些长三书寓里凋零的女人，日子千篇一律，内心却四季轮回。

如果说侯孝贤能够通灵前世，他的另一个才能就是脚踏今生了。《风柜来的人》完成于1983年，这电影对我有"救命之恩"。上电影学院前，现实已经让我有千言万语要说，可一上学还是被我们强大的电影文化迅速同化了。虽然不至于滑向主旋律写作，可生编乱造的传奇故事还是大量出现在我的剧本中，好像只有超乎常态的生活才有价值变为电影，而我们自己亲身经历的饱满的现实，却被我们一提起笔来就忘了。

坐在黑暗中看《风柜来的人》，起初我连"风柜"到底是一只柜子还是一个地名都搞不清楚。但银幕上出现的台湾青年竟然长着跟我山西老家朋友一样的脸，看张世演的渔村青年，他们一大群人跑到海边背对着汹涌的海浪跳着骚动的舞蹈。我一下觉得我离他们好近，侯导摄影机前的这几个台湾年轻人，似乎就是我县城里面的那些兄弟。他们扛着行李离乡背井去了高雄，一进城就被骗上烂尾楼看电影，这里没有电影也没有浪漫故事，透过宽银幕一样的窗户眺望高雄，等待他们的是未知的未来。

原来在中国人的世界里，只有侯孝贤才能这样准确地拍出我们的今生。

我万分迷惑，搞不懂为什么明明一部台湾电影，却好像在拍山西老家我那些朋友的故事。我梦游般从电影院出来，想搞清其中的原因。我跑到图书馆，开始翻看所有有关侯孝贤的书籍。侯孝贤在他的访谈里多次提到了沈从文，提到了《从文自传》。他说：读完《从文自传》我很感动，书中客观而不夸大的观点让人感觉，阳光底下再悲伤、再恐怖的事情，都能以人的胸襟和对生命的热爱把它包容。他说：我突然发现看待世界的角度还有这么多，视野还有这么广。我连忙借了《从文自传》，把自己关在自习室里，一支烟一杯茶，在青灯下慢慢随着沈从文的文字去了民国年间的湘西，随着他的足迹沿着湘水四处游荡，进入军营看砍头杀人，进入城市看文人争斗……我似乎通过侯孝贤，再经由沈从文弄懂了一个道理：个体的经验是如此珍贵。传达尊贵的个人体验本应该是创作的本能状态，而我们经过文艺训练后，提起笔来心却是空的。侯孝贤让我了解到，对导演来说你看世界的态度就是你拍电影的方法。

侯导的一些电影颇有自传色彩，《童年往事》的开头便是他的画外音：这部电影是我童年的一些记忆，尤其是对父亲的印象。我父亲是广东梅县人，在教育局当科员。侯导出生于1947年，1948年全家迁台。台湾艺术专科学校影剧科毕业以后，他开始给李行当副导演并从事编剧工作。当年他独立执导的前三部影片《就是溜溜的她》、《风儿踢踏踩》、《在那河畔青草青》都是台湾卖座电影，1983年完成《风柜来的人》之后，他自认获得了对电影的"重新认识"。

而我也是在看完《风柜来的人》之后，开始对电影获得了新的认识。1997年我回到故乡山西汾阳县拍了处女作《小武》，我开始学着用自己的方法看世界。去影展有点像闯江湖，前路不知道会碰上什么样的人和事。《小武》转了一圈影展后，得到了法国南特电影节的邀请。南特电影节我不陌生，侯导的两部影片《风柜来的人》和《恋恋风尘》都在那里得过奖。

南特，再见南特

冬天的南特异常湿冷，电影节的人从火车站接了我，就一起驱车向酒店而去。在车里翻看电影节的场刊，才知道这次侯孝贤也会来南特。恰逢影展二十周年庆典，侯导是专程来祝寿的。我提着行李进了酒店大堂，一眼就看到一群人众星捧月似的围着一个中国人。眼睛的焦点还没有对实，心已知那人正是侯导孝贤。我犹豫了一下，觉得还是应该打个招呼再走开，便等在一旁听他侃侃而谈。

酒店里中国人少，侯导一边接受采访，一边不时看我一眼。他当时一定很奇怪，这小子站在那里要干什么？众人散去后，我走上前去和他搭话，一时既不知道该如何称呼他，也不知道该怎么介绍自己。那时我已经不是学生，但慌不择言，愚笨地说道：侯老师，我是北京电影学院来的。侯孝贤显然不熟悉北京文艺圈的称呼习惯，瞪眼问道：我教过你？我连忙说：喜欢您的电影。仿佛面对一个突然的闯入者，他被我搞得莫名其妙，只能挑战性地望着我：北京电影学院的？呦！现在学生都可以出来看影展了？我连忙说：我拍了一部电影叫《小武》。侯导的眉头又皱起来但语气明显平和起来，他问道：《小武》是什么东东？我答：小武是男主角的名字，电影是在我老家拍的。侯导点了根烟，语音已经变得友善：老家哪里？我答：山西。侯导顿时笑逐颜开：哦，半个老乡，我丈母娘是山西人。这次见面于我好像一次考试，侯导见了生人有股冲劲，不会轻易表现出廉价的亲和，可话要投机瞬间也能变成哥们儿。我站在大堂里看他上楼梯的背影，发现他穿了一双年轻人爱穿的匡威球鞋。

《小武》首映完我无事可干，一个人漫无目的在南特街上瞎逛。路过十字路口的海鲜店，目不转睛地望着冰上生蚝之类的海产，分辨着这都是些什么动物。山西是内陆省份，没有海。正想着，突然一只手重重地拍我的肩膀。回头一看是侯导，他和我好像已经成了熟人：小贾，刚看完你的电影。我慌了神，不知道该如何响应侯导的话。侯导说：那男的跟那女的选得都不错。我知道他是在用他的方法鼓励我，却羞涩起来没有回应一句话。两个人伫立南特街头，都不知道再往下该说些什么。对我来说，这一幕并不尴尬，法国人说：彼此沉默的时候，其实正有天使飞过。

那一年来南特的还有关锦鹏导演和日本的是枝裕和。每到夜晚，我们几个亚洲人就找一家酒吧坐下来海阔天空地聊天。携《下一站，天国》来参展的是枝裕和是侯导的故交，有人说他的处女作《幻之光》很有些侯导的影子。是枝之前在日本 NHK 工作，专程去台湾拍过侯导的纪录片。在南特与侯导相处的日子，于我和是枝就像古代的门生弟子有机会听老师讲经论道。每天我们都有一堆问题问向侯导，他仔细听过娓娓道来。侯导非常重视表演，他是先有演员才有电影，他最关心的不是去拍什么事，而是要去拍什么人。我一直认为，在中国的导演里面，侯孝贤、张艺谋跟冯小刚是最会演戏的导演，他们如果只做演员，也会非常成功。

忘不了侯导在《风柜来的人》里面扮演的姐夫，烫了满头的鬈发，嚼着槟榔，打着麻将，有一搭没一搭地说着粗话，那样子鲜活而准确。就像忘不了张艺谋在《老井》里面，背着沉重的石板，一摇三晃地在山谷中行走的背影。侯导从来不玩理论概念，他告诉我们拍戏一定要让演员有具体的事儿干，演员有事做才能自然。

那时候我已经在筹备第二部影片《站台》，剧本改了又改很不满意。我告诉侯导我创作上的困境。侯导说：这是很自然的状况，我在拍完《风柜来的人》之后，也有这样的问题。你明白为什么吗？因为你已经不是一个处女作导演，你已经有了电影经验，你在创作上必须面对你的过去。不用怕，每个导演都要过这一关。侯导没有告诉我怎么样改剧本，他告诉我这是导演生涯里面的共同处境。听了他的话，我顿时觉得无比镇定，原来连他也经历过这样的困惑。

南特的日子让人难忘，但也不是日日皆欢。有一天晚上我跟几个留学生朋友狂欢至天蒙蒙亮，才挟着寒风带着酒气回了酒店。一进大堂就发现侯导一个人坐在沙发上抽着闷烟。他的神情像是在想很远的事，我问候一声：侯导！他只嗯了一声答我。

可惜我是晚辈，知道他郁闷，但又不便多言。

最好的时光

我见侯导多是在国外的影展上，每次见到他都是我最好的时光。在欧洲无论哪个城市，侯导总要去找中餐吃。他带《咖啡时光》

去威尼斯的那一年，和他合作过《南国再见，南国》和《海上花》的日本制片市山尚三请大家吃饭，这是一家很难订到位的意大利餐馆，侯导没吃几口意大利面就把刀叉放下，叹口气说：这哪里是吃面，分明在吃塑料管。他在饮食上保持着中国习惯，就像他的电影始终有种东方气质。下午去看《咖啡时光》的首映，这部电影是为了纪念小津安二郎特意在日本拍摄的。当我们沉浸在侯导电影中的绵延时光，突然一只麻雀飞进了电影院。这是最完美的放映，现实中的灵动生命和银幕上的虚幻世界合二为一，不知谁比谁更自然。

《三峡好人》之后，《诚品好读》的编辑安排我跟侯导在台北对谈，地点就在敦化南路的诚品书店。那天我早早到了采访地点，侯导却姗姗来迟，他进门先趴在桌子上，望着我说：你来台湾了？我说：我到了。侯导定了定神儿说：有个亲戚从上海来，带了一瓶二锅头，刚才我们俩把它喝光了。众人连忙问道：侯导要不要休息一下？侯导说：谁来向我提问？请赶快！编辑抓紧时间跟侯导访谈，我知道酒精在他身上发挥着作用。他要在醉倒之前的一秒，把今天的采访完成。果然他说完最后一句话，一下趴在桌子上立刻就睡着了。

第二天中午，林强来电话说侯导请大家今晚一起卡拉 OK。晚上去了歌厅，在座的有作家朱天心，及其他几个侯导的朋友。侯导和林强一首接一首地唱着台语歌，两个人不时抢着话筒，绝对是年轻人的样子。从他的《南国再见，南国》到《千禧曼波》，侯孝贤拍都市里的新新人类，对年轻人熟悉得仿佛在拍他自己的故事。看《南国再见，南国》平溪线上的列车在重金属摇滚乐中渐渐驶远，再看《千禧曼波》中的舒淇在林强的电子乐中奔向新的千年，知情重意的侯导是那样的年轻。

或许在华人世界里，只有侯孝贤才能拍出我们的此刻，拍出我们的现在。

那夜众人喧哗，他把话筒让给别人后一个人离席，静静地站在窗前望着外面。我跟过去站在他的身后。窗外细雨纷纷，雨中的台北到处霓虹倒影，街上的行人奔走于不同的际遇。侯导也不看我，轻轻说道：下雨了！

这时不知谁在唱《港都夜雨》，这场景让我想起《悲情城市》的开头，朱天文的剧本是这样写的：

一九四五年八月十五日，日本天皇广播宣布无条件投降。嗓音沙哑的广播在台湾本岛偷偷流传开来。大哥林焕雄外面的女人为他生下一个儿子的时候，基隆市整个晚上停电，烛光中人影幢幢，女人壮烈产下一子，突然电来了，屋里大放光明。婴儿嘹亮的哭声盖过了沙哑和杂音的广播。

雨雾里都是煤烟的港口，悲情城市。

任何一个地方的电影世界里，人人都在谈侯孝贤。有一次在首尔，遇到跟侯导合作多年的摄影师李屏宾，他讲了另外一个故事：有一天侯导拍完戏，深夜坐计程车回家。结果在车上和跟他年纪相仿的司机聊起了政治，两个人话不投机激烈争辩，最后居然把车停在路边厮打起来。李屏宾讲到这里，瞪着眼睛说：小贾，你想想那场面，那可是两个五十多岁的人在街边打架。大家都笑了，我问：然后呢？宾哥说：他俩整了整衣服上车，继续往前开。

还是有人记得侯导给张艺谋当过监制。前年在北京参加青年导演论坛，记者会上有人提起侯导往事，问他：如何看张艺谋现在的电影？侯导沉思一下，笑着说：我们是朋友，80、90 年代每次来北京都要见面聊天，后来他忙了，就不好意思再打搅了。记者会上少有的沉默，四下一片安静。侯导突然反问记者：现在，他过得好吗？

很喜欢侯导的两张照片，其中一张：三十多岁的他留着 80 年代的那种齐耳长发，瞪着眼仰头看着头顶的一盏灯，那专注的表情仿佛把身家性命都放在了电影里。另外一张照片是法国电影评论家米歇尔·傅东编的法文版《侯孝贤》一书，封面上侯孝贤站在一张条案边儿，双手捧着三炷清香，正在弯腰祭拜。

祭拜中的侯孝贤，敬鬼神的侯孝贤，行古礼的侯孝贤，正是我们的侯孝贤。

原载《大方》（2011 年 3 月号）

天注定

2013

〈故事梗概〉

山西，一个愤怒的男人决定采取个人行动。重庆，一个游子发现了枪的无限可能。湖北，一个女人被逼到墙角，她忽然想起自己有刀。广州，一个总在换工作的少年飞向自己的绿洲。

纵高铁出没、私家飞机遨游，只要山河大地在，侠义就在。

〈导演的话〉

这部影片讲述的故事，取材于近几年发生的一些真实事件。这些事件涵盖了山西、重庆、湖北、广东四个地区，从北到南几乎覆盖了整个中国。我想用最直接的方式，对当代社会做一次纵贯的描绘。

在尊严随时可能被剥夺的境遇里，个人的暴力开始抬头。很显然，暴力对于弱者来说，是最快、最直接挽回自己尊严的方法。我们必须去理解瞬间之"恶"，并努力避免此类事件发生。

这四个人物常让我想起胡金铨的武侠片。我想借鉴武侠片的方法，拍一个当代故事。这也是一部有关人和人之间彼此关联的电影，我想探讨我们所处的世界演进到今天，人和人是以何种方式联系在一起的。

在《天注定》第一次主创会议上的讲话

时间：2012 年 10 月 7 日

地点：北京西河星汇影业会议室

人物：贾樟柯（导演）、余力为（摄影指导）、刘维新（美术指导）、张阳（录音指导）、张冬（策划、制片主任）、萧㟔楠（执行导演）

这个电影我想了很久。这几年之间发生的事儿，包括像马加爵、药家鑫事件，都表现出那种瞬间的、极端的暴力。你会搞不清楚是现在传媒发达了，微博有了，显得这些事多了，还是整个社会气氛，特别是日常生活中埋藏的暴力色彩本来就特别强。

一直想捕捉这种暴力气氛，但是一直没动笔。过去的思路是在社会事件的包裹里面，后来突然就有一个想法，如果把现在发生的这么多事情聚集在一起，如果我们有一百零八个这样的人，那不就是一百零八将吗？不就是《水浒》里面那些个故事吗？现代人的这些遭遇在《水浒》里几乎都能找到，是对应的。比如说我原来想写杀情人的故事，济南有个官往情人的汽车里放了炸弹，情人要举报他腐败，摆不平情人直接就把车给爆了。我觉得这个跟宋江杀阎婆惜那种故事是一样的。想到这个的时候，就一下子找到了美学层面上的东西，也让我想起《侠女》和《龙门客栈》。我们可以用写实的方法拍出类型电影的非写实感，甚至是连环画般的简单和直白。我有一种直觉，中国文化中经典的通俗叙事都有脸谱化的倾向，过去我一直反脸谱化，但这些故事很适合适当的脸谱化。就像看连环画《三国演义》的感觉，也有些像庙里的壁画。壁画是有叙事性的，但画家的用心不在叙事的连贯性与清晰性上，壁画的重点是事件中人的神态和表情，这个是《天注定》要的感觉。

现在剧本里第一个故事是分配不公、贫富差异带来的心理失衡，就是杀村长的故事。第二个故事就是咱们拍《陌生》的时候发生的周克华案带来的启发。周克华案给我带来形式上的一个启发：我一直都找不到方法，这些故事都是单独的。周克华是流窜的感觉，大江南北瞎跑，就一下让我注意到他的这种流动性。这个人物也让我想到张君，事实上单调平庸的生活中，某种程度上他们是用犯罪对抗平庸，在这个过程中人的迷失太可怕了。不是为他们辩护，但我们应该关注这样的人性题目。这是电影要干的正事儿。

当我们在公路上看到从汾阳从山西开到温州的大巴，看到从广西开到石狮的大巴，人们游动在整个中国。周克华带来的这种流动性，就一下让我找到这个片子的结构方法。第三个故事发生在湖北，第四个故事还没写完，是富士康的小孩跳楼的悲剧。从犯罪电影的历史看，《火车大劫案》、《全民公敌》、《小恺撒》、《邦尼和克莱德》都改编自新闻，改编就是虚构、想象和重新叙述，就是想象一个人私人性的一面。

重庆的故事我想写乡村的无聊，在家里待得真没劲，每天赌赌钱真没意思，过年也就这个样子，亲情也很淡薄，他从无聊到自由，他除了犯罪抢钱之外，他还可以流动。人是活的，他可以跑，可以见识这个世界，他的心理依据就是这样的。湖北的故事就是情困，最后富士康的故事就是进入城市但融入不了的那种绝望，最后一个故事还没写完，是把自己干掉。

山西的部分找了很多实景，我留意到村子里面古代的庙，这边是乱七八糟的房子，一转弯就是古代的庙，一抬腿就到古代了。神农架那边是武侠片那种山水，女主角上山下山，那种山峰、石壁、云雾就感觉是胡金铨《侠女》里面的那种世界，到最后广州的部分完全就是现代建筑的单调乏味，是一种枯燥的美感，整个空间就是这样的一种结构。

季节的角度，开场是严冬，重庆周三（周克华）的部分是春节前后，小玉的部分是春夏之交，广州是炎热的夏季。

有一个动物的线索，第一个部分就是被虐待的马，第二个周三的部分是待宰的牛，小玉的部分是蛇，自杀的男孩的部分是鱼，就是有个女孩跟他一起放生的鱼。不要用隐喻的思路考虑这些动物。我只是觉得，从动物的角度看待人类，比较容易看出我们的自私和残酷，也有更强的生命感。

片子中有猎枪、手枪、刀这三样武器，还有一次爆炸，一次威亚。我刚才讲借鉴武侠类型，但我们不是要拍类型片，只是借鉴。动作要直接、简单，不是舞蹈化的场面调度。像永乐宫的壁画，刷的一条几米长线就画出来了。爆炸在片头，是装饰性的。前天我写信给黑泽清，问他是怎么拍跳楼的，他回信说是威亚和特技结合。剧本一开始的车祸现场，落了一地的西红柿。我中学时瞎逛，看到公路边翻了一辆车，一地西红柿在阳光下，一直很难忘。

关于人物的造型，之前我跟刘老师聊了一下。人物的造型就是要恍惚中有如古人的感觉，角色穿的全是现代的衣服，但那个造型感像古人。大海对应鲁智深、周三对应武松。小玉对应京剧里的林冲和《侠女》里的徐枫。湖南小子对应张彻电影里光膀子的男性。

这部电影主观的东西会多一些，也不是一部古典主义的电影。我觉得四个人物是暴力的四个化身，他们是一件事情不同的角度。所以，我们不应该把它们按四个短片拍，而是一部电影起承转合的不同部分，是一个叙事的四个叙事阶段，就是起承转合。这样做会有碎片化的可能，但也不尽然，有后现代思维的观众会自己弥合其中的空隙。就是碎片化也不错，现在的生活不就是碎片化吗？风格应该有递进，从自然写实递进到戏剧状态，直到超现实。

小玉拔刀出来应该进入超现实部分，就是命名为"侠"。就像上台阶，在情感的带动下，观众会自然迈进不同的风格阶段。人家要情感投入不了，也没办法，会觉得跳，不必强求。"侠以武犯禁"，这是侠的精髓。浪迹天涯，打抱不平，那是侠顺带办的好人好事。侠的核心精神，就是"以武犯禁"。武不好，但"犯禁"的精神很重要。

　　没那么复杂，也不深刻，也不含蓄。总之，朴朴素素的，四块石头摆在草地上。不试图去感染别人，不解释不煽情不落泪，只是沉甸甸存在过，存在着。

我的夜奔

高三的某一天，好朋友突然冲进教室，气喘吁吁地说他被高二理科班的一个同学打了。这当然是对所有兄弟的侮辱，四十五分钟的时间里，我们一直在筹划复仇的事情，最后决定我和另一个瘦高个子同学陪好朋友去"理论"。

下课铃响了，我们三个赤手空拳地向"仇家"的教室走去。我相信我的目光会秒杀他，不需要太多人手同行，他可以想象窗外全是我的兄弟，他的对立面。按照以往的经验，这个倒霉的理科同学一定会在我们目光的凝视下低头，服软，认错。目光就是利器，我相信。更关键的是，如果能用目光打败他，我们尊严所受到的挑战就会得到加倍地偿还。"江湖"需要传奇，那时我就是个好编剧。

　　理科班的老师刚出教室我们三个就占据了讲台，我们一言不发地望着整整一教室人。视线扫过的地方逐渐安静，的确有很多目光选择了躲避。那一刹那，滋生了我对他们的不屑，这甚至是一种忧伤的感觉：像一排排割倒的麦子，青春金黄灿烂，但自尊已经弯曲倒地。我突然感觉到自己的孤立，如果有更强悍的人跟我寻仇，我知道我身边的人，包括我自己在内，都可能是弯曲倒地的麦子。人，终究无所依靠。

　　穿过一排排桌椅，好友在瘦高个子同学的陪伴下，一步一步向他的"仇家"逼近，我在讲台上用目光控制着全局，叙事按照我们的设计在一点点往前推进。就像胡金铨的电影，所有对决之前都是对峙，那是世界上最漫长的时间，每一秒都长过一秒，连彼此的喘息都参与了交锋。真的是一道白光，我知道不好，连忙跑到好友身边。教室里没有人说话，被刀锋划破的衣服提前为鲜血让出了退路，我的耳边"唰"的一声，那是邵氏电影里独有的刀剑刺过身体的声音，现实中没有，此刻却在我的心里久久回响。这声音代表着无法形容的疼感，就像"冷兵器"的一个"冷"字，让人望而生畏。好友的肚子上渐渐渗出了鲜血，"仇家"脸色惨白，他手里拿着一把小刀，那把小刀无辜地面对着我们，没有挂一丝血迹。

　　瘦高个子同学连忙背起好友，我在后面扶着他，三个人向隔壁汾阳医院落荒而去。教学区里布满课间休息的同学，即使擦肩而过，那些打水归来，或者说笑打闹的同学也没发现我们的境遇。好友的血在瘦高个子同学的白衬衣上渗透开来，当我们把他放在急诊室床上的时候，我们三个都布满血迹。一个莽汉般的大夫很冷静地进来，不慌不忙地处置，似乎还在哼着小曲。他的脚步为他打着节拍，我低下头，看见他穿了一双蓝色的塑料拖鞋。这双拖鞋显得无比懒散，对我们如此不屑一顾。我们的班主任匆匆进来，又匆匆晕倒。我没有晕血，手里拎着血衣，像拎着一面带着温度的旗帜，而大夫报以我们的却是一双蓝色的拖鞋。血，在此地如此司空见惯，如此不值一提。

那天晚上，我骑着自行车一直在县城里游荡。县城万户掌灯，街上正是倦侣归巢的时刻。明月下最容易发现爱情，感觉屋宇宽厚，万物仁慈。横穿县城的马路上，有赶脚的牛群经过，百十头黄牛与几个赶牛人散步般向西面的群山散淡而行，有如踏着古代的土地，他们步履不停。黑暗中的县城顿时有了古意，这座城池改朝换代，弃旧图新。但对月亮来说，一定只是没有改变位置的地球上的一个小点而已。黑暗包容了太多不堪的人事，没有人比黑暗更了解人的痛苦。我决定把今天的事情忘记，从此以柔软面对世界。是啊，少年无知的强硬，怎么也抵不过刀的锋利。因为今夜，我喜欢上了夜游：黑暗绝顶明亮，无比透彻。

多年之后，我在北京南城"湖广会馆"听昆曲《夜奔》，舞台上的林冲在风雪中穿山越岭，悲愤中婉转清唱："遥瞻残月，暗渡重关，奔走荒郊。"一滴本该在高三时流下的眼泪，这时才缓缓化开，挂在脸颊。林冲孤苦多于悲愤，这故事就是在讲一个人逃出去，活下来。而这也是我们所有人的故事，我们都奔命于风雪的山道，在黑暗的掩护下落荒而逃。

　　同样的故事在这个世界上并没有绝迹，这些年翻开报纸打开网络，相似于《夜奔》的故事比比皆是。那些掩藏在报道文字中的血迹，却没有丝毫的质感。仿佛不曾疼痛，轻而易举。而我，却不时想起高三的那个上午，耳边总会想起"唰"的一声。在邵氏电影的工艺里，那是拟音师傅撕开布匹获得的音效，但对我，那是身体的伤痛、无力的宣言、卑微的抵抗。一个下午，又在网上看到同样的新闻。我合上电脑，坐在办公室里望着窗外。少年的血多少源于荷尔蒙的分泌，多少有种可以理解的天性中的冲动，而现代社会弥漫开来的暴力气氛却让我不安。《夜奔》是古人的境遇与曲折命运，被书写出来成为小说、戏剧流传后人。而发生在今天的故事，似乎也需要有人讲述。事实上，既然你在从事叙事艺术，那就有必要延续人类记忆的讲述。

　　窗外，夜幕将要降临北京。这座过于喧闹的城市，无法迎接幽冷的月光。我突然想远行，乘着夜幕去到山西任意一个小城。那里城池千年，一定明月高挂。我知道我是想写东西了，在办公室里找了一摞信纸，十几支用惯了的粗黑墨笔，决定到大同去。临出门的时候，我的目光落在了桌上的电脑上，犹豫一下没有带它。

　　车过八达岭之后，高速公路便在黑压压的群山之中盘旋。对古人来说，即使策快马而行，这段路途也应该算是千山万水了，而我们三个小时后就可以到达目的地。一路上思绪万千，每次旅行都能激活我的想象。灵感像是潜藏着的野性，你必须将自己放虎归山。坐在宾馆里摊开信纸，我才明白为什么这次不想带电脑来。从第四部影片《世界》开始，我已经习惯了电脑写作。但这一回，我需要拿起笔，看笔尖划过白纸，犹如刀剑划过白色的衬衣。我低头写着，一笔一划，一字一句。多年不用纸笔，竟然常常提笔忘字，我知道自己写了太多错别字，但也不管不顾，一路狂奔。这一天，电影取名为《天注定》。

我还会想起那个手握小刀的少年，那一天，连上帝都不在他身边。感谢他，让我收起了凶狠的目光，收起了恶。

此文为《天注定剧本评论集》序言

黄河的水声也是一种方言
——纪念恩师田东照先生

70 年代末，县城凋敝，街上行人稀少。

我的老家山西汾阳，地处晋中边缘，背靠吕梁山脉。城外唯一的公路弯曲西去，呼啸而过的卡车直奔公路的终点军渡。军渡？回家问父亲，父亲说军渡是黄河边的一个渡口。省城的物资经汾阳转运到军渡，再把黄河两岸红枣、小米等物产运回到省城。这应该是我第一次听说黄河，也是第一次知道家门外那条公路的尽头是一条宽阔的河流。那时候没见过河流，就像我很长时间不知道火车为何物。黄河只是一个名词，无法亲见，无法想象。

80 年代，每天背书包上下学。县城街巷每盏路灯下都安了一个广播喇叭，每天中午十二点半准时播放评书。从《岳飞传》到《杨家将》，孩子们聚集在电线杆下，听刘兰芳、袁阔成说书。

转眼到了骑自行车上学的年龄，喇叭里那些说古的评书终于讲完，预告第二天要换新节目了。一堆自行车照例聚集在电线杆下，一群少年洗耳恭听。喇叭里一个宽厚的男中音传来，评书节目换成了"小说连播"，小说的名字叫做《黄河在这儿拐了个弯》。我清晰地记得播音员是任志宏，那个平常在电视里播山西新闻的播音员。也是从那一刻开始，我因为一部小说记住了一个名字——田东照。我也不曾想到，这个名字会影响我的一生。

《黄河在这儿拐了个弯》是田先生的代表作，那时候正是"改革开放"之时，国家经历"文革"到了思想解冻的时代，文学被举国关注，蔚为热闹。国人巨大的倾诉欲望转化成无数篇小说和诗歌。《黄河在这儿拐了个弯》在"寻根文学"的后期横空出世，揭示着文学更为现代化的转型。田先生的小说扎根土地，尖锐并先见性地提出了个人现代化的命题，中国的转型之难，历史及传统道德负重之累都在田先生的笔下表现了出来。这一命题也恰中中国要害。时到今日，晚清以降的国人不就在一直破解此题吗？因为这部在喇叭里听来的小说，黄河在我心里变成了一条有故事的河流。我曾幻想离家远行，沿公路西行两百公里，去找寻黄河拐弯的地方。《黄河在这儿拐了个弯》让我知道脚下的这块土地如此古老，又如此生生不息。这小说像一道光照来，让我洞悉尘土的灿烂，学会听旷野来风，体会风带来的大地的呜咽。不久，由金音导演的同名电影开始在电影院放映，我在银幕上看到了黄河，听到了涛声。在青春的日子里，很多事随风而去，逐渐消失在成长的喧嚣之中，但《黄河在这儿拐了个弯》却一直留在我心里。

90 年代初，我高考落榜。我父亲安排我去太原一个美术培训班学画复读，因为考美术院校不用考数学，那似乎是我通往大学的唯一可能。我离家远行去了省城，寄居在太原南郊的一个农家的小屋。白天画画，夜晚则是漫长的孤灯长夜，我拿出纸和笔开始写我最初的小说。那篇小说的名字叫《太阳挂在树杈上》，这几乎是我每天推门而出看到的景象：太阳通红，四周颜色清澈。太阳挂在冬日的树杈上，离人如此的近，那样的公平、温暖地照耀着大地万物。它让我理解自然之中蕴藏着公平的法则。就像古庙的墙，没有阳光的时候一片灰色。阳光洒落，古庙便像有了血液，呈现灿烂的光彩。这样的某一刻，我突然想起田先生的名字。太阳东照，我想去找他，没有理由只有直觉。因为自然的法则中，从来都相信"缘由天定"。

今天看来，我的那篇小说写得非常幼稚，讲毕业分配到中学做老师的一个年轻人，对现实的不满。华丽辞藻堆积之下，无非是青春冲动中对爱情的憧憬。人无法超越自己的年龄，那时的我一会儿因为这篇小说而燃烧，一回头又彻底的心寒，觉得自己没有才情。一分钟前觉得自己写出了一篇旷世之作，一分钟后又觉得自己一无是处。那一夜，我彻夜未眠。文字是我最熟悉的媒介，也是相伴最久的表达方法。但除了表达的热情，我的文学梦中也包含着某种安身立命的私心。也许吧，我也曾寄望写作能改变我的命运，让我有一个养家糊口的职业。我自认为千里马，总希望能及早遇到伯乐，以结束一事无成的内心动荡。那个时代似乎比今天更允许做梦，我这样一个流浪省城的落榜学生，只因为田先生是兴县人，和我的老家汾阳同属吕梁，便莽撞地闯进山西省作家协会的大门，以小老乡的身份去打听已是作协副主席的田先生的住址。那时人与人也没有防备，门卫告诉我田先生家的地址，我便爬上一栋居民楼的二层。

脚步当然沉重，人也有些犹豫，我还是鼓足勇气抬手敲门。骨节碰撞铁门的声响如此清冷，衬托着我的呼吸越发急促。敲门声后的寂静是世界上最长的等待，在我想要转身逃离的时候，一扇门从里面打开。那天出现在我面前的先生犹如一幅标准的父辈肖像：一身深色的西装，里面是手打的毛背心和一件白领衬衫。田先生显然被我这个不速之客打扰，眼镜片后的目光有些疑惑。我一时紧张，说话也结巴起来，自称老乡，是个文学青年。田先生一听我是来自吕梁的老乡，便把我迎进室内。

室内只田先生一人，一张书桌对着一面白墙。烟灰缸里烟雾弥漫，桌子上一摞稿纸，稿纸上几行墨迹，我知道他正在写小说。这是多么感染我的场景，盛名背后的劳作被我看到了。我把自己的小说交给他，求他指点。田老师说他看完会联系我，我说不多打扰了，便转身离开。下楼时我告诉自己，如果田先生不来找我，我不会再主动去打扰他了。对我而言，把稿子交到田先生手里似乎已经完成了对自己的责任。这次拜访不奢望结果，只为不留遗憾。自己为自己尽了力，回到命中注定的生活就会坦然。找田先生看稿，其实是想让自己的梦破碎得早些。

往我住的南郊许西村走，一路看两边游商小贩、士农工商无比温暖。我知道这将是我未来的生活，我为我的未来感动到落泪。

只是青春像一堆柴火，刚刚燃烧，便不得不节省一些以备漫长的未来，那些称为日子的时间在等待我们。我在回去的三路电车上，发现没有给田先生留下我的联系方法。

回到学校继续学画的生活。有一天正在画素描，一个老师进来说省作协的田东照老师让你去他家一下。仔细一问，才知道田先生找不到我，他打电话到吕梁群众艺术馆找他的画家朋友，画家朋友又找到山西大学开美术班的老师，辗转捎了口信给我。我怀着忐忑之心，第二次走进田先生的家门。他见我来，坐在椅子上翻看着我的手稿，然后开始表扬我的小说。他说：文字能力很好，节奏也不错。这是我第一次得到作家的指点，对那时候我在文学方面的自信心有着无比强大的推动。他淡淡地说会把这篇小说推荐给《山西文学》，我的心狂跳不已，兴奋到连感谢的话也不会说。他告诉我省作协将要举办一个青年作者的读书改稿班，问我有没有兴趣参加，他会把小说推荐给作协的其他同事。这当然是求之不得的好事，我连连应允。不久读书改稿班开课，在田先生的引荐下我参加了学习，当时的省作协主席焦祖尧先生对我也鼓励有加。改稿班的生活让我眼花缭乱，不时有声名显赫的作家前来授课。这段生活确实帮我建立了从事文学艺术工作的信心，如果说这方面的兴趣来于自己的天性，而信心却来自田先生为我创造的机会。在我成长最关键的时刻，他提携了我。

读书改稿班结束后，我又回到了美术培训班。一个很偶然的机会，我看到了陈凯歌导演的《黄土地》。在那部电影里我又看到了黄河。我开始迷上了电影，想当个导演。而田先生还在关心我的写作，不时问我有没有新的创作想法。我觉得不能再隐瞒他了，要把我的改变，把我想从事电影工作的想法告诉他。记得告诉田先生的那一刹那，他的微笑一下凝固了，那是一种极大的失望。他说你在文学方面已经有些基础了，为什么不做文学了。我沉默，无言以对。田先生又说，文学没有电影热闹，是清苦的生活，是不是？他犹豫一下，接着说：是不是吃不了这个苦？我理解田先生的忧虑，一席长谈之后他没有再多说什么，只是怅然送我出门。我知道我并没有说服他，就像电影在我心目中有着至高无上的地位，文学在田先生心目中一定是至高无上的事业。只是作为长辈，他宽厚地接受了一个年轻人的改变。在下楼的时候，我默默地告诉自己，不要让他失望。

之后，之后就是"曾经年少爱追梦，一心只想往前飞"的岁月。几乎很少和先生联络，每年元旦寄一张贺年卡倒是我例行的问候。也会内疚，其实拐个弯去先生家一看，也并非难事。但我在电影上一事无成，远没达到心目中的成绩，多少有些羞于见他。2006年，我的第五部故事片《三峡好人》获得了威尼斯电影节金狮奖，同时拍摄的《东》也获得了威尼斯的两个奖项。承蒙吕梁父老的抬爱，要帮我在临县碛口办《东》的首映式。临县碛口正是田先生写《黄河在这儿转了个弯》的地方。我想也到了该回拜恩师的时候，我给先生打电话，邀请他参加首映式也正好叙旧。我们在黄河拐了个弯的地方，在碛口见面了。夜晚时分，黄河水拐弯而来，浪声巨大。顺河飘下的一盏盏河灯，将黄河染红。先生静静地望着黄河，我望着先生。我的思绪一下又回到多年之前的那个午后，一个初出茅庐的莽撞青年敲他的房门。那一天，要是先生不在家，要是先生没有开门，要是我在他开门之前就转身离去，我的生活会是怎样？此刻，为我开了门，把我带进创作之门的先生就在我身边。他依旧沉默，像听得懂黄河的声音。是的，黄河的水声也是一种方言，先生听得懂。

　　有一天，我正在比利时出差，收到短信说先生突然故去。我无法接受这一噩耗，一个人下楼在异乡的土地上徘徊。比利时已是冬季，街上开始有圣诞树，一种年关将近的感觉。每到元旦，我无论身在何处都会给先生寄一张贺卡，可现在收件人已经离我们而去。先生走了，留下他不朽的作品、永远的微笑，留给我永远的思念。

　　　　　　原载《山西文学》(2013 年 10 月 30 日，北京)

我不想保持含蓄，我想来个决绝的（对谈）

王泰白、贾樟柯

　　王泰白，暖流文化 CEO，独立影评人。1997 年毕业于
北大中文系，曾任《21 世纪经济报道》资深记者、《东方早
报》副主编及赫斯特中国《ELLEMEN 睿士》执行主编，拥有
十八年媒体工作经验。2015 年，联合创立暖流文化。在长
期的内容运作过程中，形成了敏感的社会触觉和快速的策划
能力；在长期的独立影评写作中，一直保持对整个中国电影
工业的观察和热情。

　　坐在知春里的沙发上，我有一个小时左右的时间绷紧了身体，
呼吸被堵住，当王宝强带着他儿子朝天鸣枪以作烟火之后，我赶
紧去了趟厕所，此时电影过半，死了十一个人。

　　第一次在贾樟柯的电影里看到如此放肆的暴力，《天注定》，姜武扛着猎枪杀了六人，王宝强拔出手枪杀了三个劫匪、两个中产阶级路人，赵涛手执白刃刺死一人，还有一个少年跳楼自杀，死亡变得说来就来，贾樟柯说："我只是不顾一切地拍了别人砍人。"

　　贾樟柯最近喜欢在饭局上一直讲述一个女人的故事，佘爱珍，胡兰成的最后一位太太，当年上海滩黑帮的野蛮西施，他说佘爱珍晚年在自己的房间里高悬四个字"听天由命"，到了四十不惑的年纪，贾樟柯不要含蓄，不要擦边球，不要随风而去，他说："当代人必须说当代事。"

　　他的当代事，就是我们的生活，我们的掠夺，我们的暴虐，我们的柔弱和善，他一遍遍带着电影去旅行，一遍遍回到他的出发地，抒写当代中国人被历史无情地裹挟着向前走，像草。这一切，从他二十七岁让小武被铐在街道的电线杆上就已经开始，他跃入生活的洪流，让我们跃入他的光线，那些光线直勾勾地盯着我们的无望。只是在《天注定》，赵涛再也不用躺在《世界》的地上，被塑料裹着昏死过去，她挥刀相向，在胡金铨《侠女》的山路间，把包从右肩换到了左肩，而那个小武变成了以钱为暴力工具的嫖客，在桑拿浴室流血至死。

　　贾樟柯异乎寻常的捕捉能力，让他几乎成为我们生活的平行叙述者，而他对大众文化的辨别和重新讲述能力，在他对晋剧记忆的调用和王宝强的形象塑造上可见一斑。当悲怆苍凉的古音在戏台上响起，《林冲夜奔》、《苏三起解》、《骂阎王》就迅速地变成了当代的故事，在时间的烟云中，武松、苏三、鲁智深来到了山西、来到了长江、来到了高速公路，开始执行正义的权利。在当代中国其他的影视作品里，王宝强总是扮演一个外省青年，没有受过良好教育，也没有什么品味，总是被嘲笑被欺负，在《天注定》，王宝强成了江湖中人，一个现代版的武松，他依然没受过教育，没有品味，可是他一言不发，令人尊敬。

这种边缘小人物被尊重的可能性，是贾樟柯一贯的诉求，在流离失所的时代，屈辱的故事俯拾即是，谁来帮助我们抵抗社会的不公？贾樟柯让他的主人公拿起来刀和枪。

没有几个人像贾樟柯这样一直保持警觉，对这个时代复杂纷扰的气息，对我们内在的沮丧和身体的愤怒，他能用他自己的语言组织进他的叙事，也没有几个人像贾樟柯一样有庞大的史诗般的野心，逐步去架构自己的美学世界，也正是因为这种系统的视觉思考能力，让他成为当代世界影坛最重要的力量之一。

王泰白　《海上传奇》之后，你蛰伏了三年时间，然后，不是《在清朝》，也不是《双雄会》，突然变成了《天注定》，中间发生了什么？

贾樟柯　2010 年拍完《海上传奇》以后，开始筹备《在清朝》，我自己很系统地回顾了一下中国的武侠电影，找来所有曾经看过的武侠电影，算是对从初中一年级开始的录像厅时代的记忆进行了梳理，因为我不想随便拍一个电影，那些类型元素也不是想当然地来做，而是建立在研究的基础上，对胡金铨、张彻、楚原、程刚、郭南宏等这些导演的电影进行系统地观看，可以说在筹拍《在清朝》的很长一段时间，我都生活在武侠的世界。武侠片是怎样过渡到功夫电影的，从功夫电影又怎样过渡到功夫喜剧，功夫喜剧之后徐克导演他们又开始新武侠片，这个脉络把握对我很重要。这是一个生活线索，银幕世界是我生活的一个很重要的世界。另一个是现实生活也发生很大变化，网络影响很大。我过去使用网络很简单，收信，看新闻，但是很快社交网络媒体兴起了，一开始我对这个东西挺排斥的。我就不能理解，有真实的不看，看那个干吗。后来是因为采访潘石屹，做"语路计划"，潘石屹是微博的积极倡导者，他说我不玩微博是要和时代脱节了，我觉得应该不是危言耸听，后来我就开始玩了。你会发现即时的、各地传统媒介不能刊登的、被新闻审查过滤掉的事情，大量地涌到了微博上面，你自己生活之外的现实就更加触目惊心，我相信它是真实的，只是因为空间、时间和媒体隔离了这些事实。另外一方面还有观点，就是看大家在上面吵架，你就知道社会之纷乱，我们生活在无数个说不清的转折时代。那些突发事件的确从观感上来说也比较触目惊心，比如邓玉娇事件，富士康跳楼事件，各种各样的突发的恶性的个人暴力反抗，就是让我生活在同样的世界，古代的武侠片的那个世界跟现在的这个世界打通了。我为什么非要拍一部晚清的武侠片呢？现在有很多事情和《水浒传》，和张彻、胡金铨电影讲的都一样，都是个人危机受到重压之后的选择，以暴制暴，结局都是悲剧。我喜欢武侠电影因为它的悲剧色彩，大部分武侠都是很悲情的毁灭，宁为玉碎，都是你死我活，就特别想拍发生在当代的这种故事。所以这几年其实是一个生活跟思考结合到一起的寻找过程。

王泰白 所以想把古代侠义世界的规则变成现实的规则？

贾樟柯 因为我上网看到的东西跟我在六七十年代武侠片里看到的东西是一样的。只不过古代人骑马，现代人坐高铁，那种奔波，在游走里面寻找生活的生机的可能性，那种压力感、悲情都是一样的。

王泰白 这点非常棒，你之前电影也凶狠，但那种凶狠是捕捉内在的失落和绝望，但是最终没有把那种失望和绝望全部爆发出来，而在《天注定》里恍如洪水猛兽般就出来了，不管三七二十一，一切的沮丧感就变成了暴力，从电影的叙事语言或者内在的表意的方式上怎么产生了这个变化？

贾樟柯 因为这是建立在我过去的电影基础上，从《小武》开始到《海上传奇》，比如《海上传奇》，是关于上海从 30 年代到当代的一个讲述，它背后存在非常巨大的社会暴力，因为社会动荡，人们被强制地分离、流落，抗战和 1949 年两次让上海人流离失所，特别是 1949 年这一次，生活在香港和台湾的上海人突然发现自己回不了家了，这种外在暴力是剧烈的，是你无法避免的，是权力政治斗争和大的国家战争造成的。大多数中国人觉得回不了家就回不了家呗，就算了，就娶妻生子生活下来。我觉得这个里面是有个很大的力量的，就像草弯曲了，它就不直了，就一直生活到死，这是多大的压力感。我自己的表达一直是含蓄的，隐忍的，但到了《天注定》，我个人心态发生变化了，我也不愿意再拍一个含蓄的电影。我觉得现实让我想拍一个决绝的，就和我的电影人物一样，充满了破碎的可能，不顾一切地拍摄，我需要这种美学，在创作的时候没有隐忍。中国社会的暴力因素也能引发出我这个暴力的萌芽，只不过我没有砍人，我就不顾一切地拍了别人砍人，我要进入他们的世界，进入他们不能隐忍的那一刻的时候，我的摄影机也不应该隐忍了，我是完全站在他们的角度去理解他们，我不是认同他们的犯罪，也不是认同他们的以暴制暴，相反我是否定的，但是我去理解他们的时候，是站在他们的角度的，所以我也做了一次有暴力可能性的事件，拍了这个电影。

王泰白　我前面也不知道你要拍这个电影，只是突然听说你要做一个惊天动地的作品出来，你当时怎么就突然做决定去拍这样一部电影的？是什么样的状态？

贾樟柯　当时是 8 月份，我在重庆监制权聆的《陌生》，重庆全城戒备森严，在搜捕周克华，突然就产生了强烈的冲动要拍一部电影。我想如果不是周克华事件，可能会是今年厦门事件，或者再晚些的上海宝山事件，总是社会的一个触发点会让我觉得这是我们的时代，当代人应该拍当代事件，这个时代的银幕应该有这个时代人的生活，当代人讲当代人的事，我不想到我老了再回顾我四十几岁的时代。我现在有能力来拍这个时代，心潮难静，我就迅速地把它拍出来，银幕上应该马上呈现出我们现在怎么活着，八十岁拍是八十岁的感受，那可能是咀嚼完之后，一切淡了之后，所谓想随风而去以后再拍，我不想随风而去，可以说我并没有好好咀嚼这些事件，但是当代人有讲述当代事的权利，我拍的是现场电影，我只是凭着生活在这个社会里的人的一种直感和情绪在拍，这是一种美学，不是所有美学都是一种老年人智慧，不是所有电影都要靠时间久远之后、洞悉一切的智慧来拍。有一种电影需要的是我们生活在其中、在煎熬的时候发出来的声音，因为我觉得所有的新闻和所有关于新闻的读解都代替不了电影那种情感上的理解，电影在还原事件的感性层面上的能力是无法被取代的，当然也因为电影可以有很多侠的想象。

王泰白　你给你主人公一个巨大的行动能力，你之前的主人公貌似没有这么强大。

贾樟柯　行动能力是一点点到来的，我很清晰地意识到行动能力这个问题是在拍《三峡好人》的时候，剧本边拍边改，我总是要给自己的电影找一个简单的能让人信服的总结一切的一句话，《三峡好人》就是一个男人要复婚，一个女人要离婚，该拿起的拿起，该放下的放下。过去我们说好马不吃回头草，但这个男人觉得还爱这个女人，这个男人说我就吃回头草又怎么样，但这个女人觉得爱情是名存实亡的，放下又怎么样，我佩服这样的人格。过去我的电影里比较多都是隐忍，都是拍一个压抑的中国，压抑住我们所有的个性、所有的决绝，生活下去，它很有力量，但是从那时开始我欣赏另外一种人格，就是破，然后立，然后就有行动力，一直延续到这个电影里。

王泰白　你的电影一直处于现实的洪流里面，我们的社会阶层分化很厉害，你电影的主人公往往并不是我们这个社会向前发展的受益者，可能是这个社会的繁荣的看客，是最终表面暴力的施行者，你的电影持续站在这些边缘人物的一边，这种立场是怎么形成的？这么多年没有任何改变。

贾樟柯　我最重要的教育主要是在 90 年代，但影响最大的并不是专业教育，并不是电影语言、电影历史的教育，而是纷繁的看世界的方法、角度。我很感谢那个时代老师给我观察世界的方法，包括经济层面、哲学层面，你怎么样理解结构主义、后现代主义、新历史主义，那个时代我可能是一种囫囵吞枣的方法去吸收这些理论知识，但是确实给了我一个工具和基础来观察这个世界。你会理解这个社会的结构、出现问题的历史根源，你会有方法去左思右想，不会太武断，不是出于个人利益。我觉得面对中国现实，你必须对现实有种敬畏，个人对现实的理解和接触是非常有限的。从事艺术你有表达欲望，一定是因为触发了你的情感，比如面对不公的时候，你想强化，你想骂人，那个时候就想创作。面对那些不公的受害者，你很自觉就会站在他们的一边，有你先天的善意，也有你后天习得的你理解这个社会的方法。

王泰白　所以你电影里面有巨大的个人地位差异、收入差异，一边是贫穷到一包香烟都要分着抽的人，在通货膨胀时代去分着花那些不值一提的现金，另一方面是买飞机的人，你的电影到最后是让贫穷的人自立强大，买飞机的人和中产富裕的人最后在街上都死掉了。

贾樟柯　因为他们施加了一个压迫。我觉得贫穷是个巨大的问题，它不是一个经济层面的问题，到目前为止，中国社会整体行为和思考问题的方法跟长期的贫穷是有关系的。比如一部电影很卖座，但是电影技术上有很多的问题，大家一去批评这部电影，被批评者和公众第一思维想到的是：羡慕嫉妒恨，这就是长期贫穷带来的影响，把你所有的批评和反对都理解为对钱财的嫉妒。并不是因为它在商业上成功而引发了嫉妒和批评，而是因为需要文化批评介入，不是一个经济问题，这就是贫穷带来的思维惯性，人们认为金钱可以解决一切问题。《天注定》里，当大海（姜武饰）用枪顶住焦老板脑袋的时候，他第一个反应就是说有什么条件你就说吧，他没有反思没有愧疚，他认为顶在脑袋上的枪是用钱可以解决的，这让我们的思维变成非常简单、狭隘，就像王宏伟挥着厚厚一叠钱打赵涛的时候，他认为老子有钱就可以获得你的服务，他不想为什么这个女人会反抗钱的权力。

王泰白　说到赵涛的那个章节，你前边提到有向胡金铨《侠女》致敬的意思，从赵涛的出场到发型，还有她耀眼的红色裤子都预示着悲剧或者暴力可能性的发生，能谈谈《天注定》的场景设计、造型选择吗？

贾樟柯　在四个人物里造型最突出的就是赵涛，但事实上，《天注定》的人物大量借鉴了传统武侠片或者戏剧的原型。记得和姜武第一次见面的时候，他问我要演什么，我说我让你演一个当代的鲁智深，包括大海这个名字，那种吞吐量，那种豪迈鲁莽之气就是鲁智深，所以他穿旧军大衣，扛猎枪，就像扛着一根禅杖，充满正义。王宝强的造型完全是京剧《武松打虎》武松的造型，一身黑色，因为我觉得武松就是一个流动的人，一个捕快。赵涛更贴近整个电影的想象，我当时和造型师说一定要按照胡金铨《侠女》里的徐枫来造型，但是每一件衣服都是当今的衣服，组合起来像古人，包括动作也想到了，这个电影就是枪和刀，没有别的武器了，刀要有武术感，这个时候就侠女上身，表演性特别强。那个跳楼自杀的小男孩就是张彻电影里的男性，赤裸上身，露着肌肉。四个人物跟经典都有穿插，我非常在意和经典的关系，包括这部电影的三段戏，第一段戏《林冲夜奔》，第二段戏是《苏三起解》，最后片尾是《骂阎王》，都是很凶暴的戏。从人物的造型到人物的戏剧元素的选用，我想说的是今天我们发生了很多事，很多年之后就是经典叙事，就像《林冲夜奔》，我觉得就是结合了那个时代无数的事形成了这样的人物。我有一点经典化的倾向，因为我深信虽然在我生活的一个时代抓取的一晃而过的事件，他一定会成一个民族经典事件，永远抹不去的一个民族经历过的节点，就像《苏三起解》、《水浒传》的那些故事一样。如果说野心的话，这是我对整个电影唯一的野心，我想把他塑造成一个能传唱的一个经典，我幻想五十年后会有更年轻的导演会翻拍这个电影，一百年二百年后再传唱，我觉得电影工作就是一个传唱，我的角色和《水浒传》的施耐庵、《荷马史诗》的荷马角色是一样的，只不过因为时代不同，方式不同而已。这是一个叙事艺术家承担起来的一个天命，这个意识可能是我这几年才有的，之前都是很直感的爱拍什么拍什么，可是《三峡好人》之后，我觉得我们就是在做一个传唱的工作，把我们经历过的东西表现为一个有分享价值的作品，他就可以被传唱，就像今天在平遥古城墙下面用 iPhone 看着《林冲夜奔》、《苏三起解》一样。

　　王泰白　你用的三个传统的戏都是晋剧，这都来自你个人成长经历，带有强烈的地域色彩。中间这几年，你在全国各地游走，和各色人等打交道，后来你又找到了能调动你的成长记忆的最强大的东西，所以你一遍遍还是回到山西。当所有这些晋剧的声音响起来的时候，都有种魂飞魄散的感觉。

贾樟柯 我也是被晋剧的声音打动的，小时候觉得很吵，不识里边的古音，那些古音里的悲凉、屈辱我现在才能听出来，这是需要时间的游走和积淀，我才能捕捉到那些古音里无奈、悲情的密码。晋剧一般都是户外演出，一般是庙会，它没有室内的舞台，那个在空旷的场所面向很多人的声音和故事很感染我。具体到山西，它也是我电影涉及的社会问题最突出的地方，比如对资源的占有，超现实般的贫富分化，我没有必要绕到别处，我回到我自己的地方就大量存在。在《站台》里，我们渴望一列经过的火车，火车变成一个幻想、超现实的存在，在《天注定》里是私人飞机从天而降，它也是个超现实的存在，它存在在大部分人的生活里，但是所有人都分享不了它，它是少数人拥有的特权。

王泰白 我发现你的电影除了你永远也不会放弃的你的汾阳、山西，还有就是四川盆地，你恨不得把你电影里的人物都变成四川人、重庆人或者山西人，怎么会有这种强烈的偏爱？

贾樟柯 事实上我对三个地方有偏爱。一个地方是山西，它是一个能调动我个人经验的地方。另外一个地方就是长江周边，四川、重庆、三峡附近，因为它的水路仍然是繁忙的，不像黄河。黄河是寂寞的，有的季节会干枯，有的季节流的是冰，我们只能站在岸边、站在某一点来看黄河，想象它的来和去，它属于我但我觉得比较远。但长江不一样，我们可以沿着水路漫长地行走，我真的可以在水面飘摇，你很容易会有江湖感，这是一种最传统的行走。我们今天已经不可能骑马去长途旅行，但我们可以坐船，那个漂流感和古人是一样的，可能三峡两岸的悬崖绝壁没有怎么被改造过，我恍惚中觉得我和李白看到的三峡没什么两样。再加上一条河流滋养了两岸这么密集的人口，我特别激动，这就是码头的感觉，它有美学上的吸引力。另一个是广东，对我来说是个遥远之地，它是南国，它并不是中国的中心，但是那种杂乱的生机，就和那里的植物一样，一种傲慢的生长，那种感觉很吸引我。

王泰白　所以在天注定里面四个故事，刚好覆盖了这三个地方，因为地域差异，外观的形式上的差异，表现在影像美学上，最后一个在东莞的故事和前面有点小小不一样，北方那种粗犷，空气相对没有那么透彻，到南方绿色增多，雨水增多，而且后面两个男女主角年龄偏小，没有前面成人社会的那种沉重，反而又有了你在三十岁时候拍的残酷的青春的感觉。

贾樟柯　最后一个故事取材于富士康事件。这样一个工厂聚集的就是全国各地来的年轻人，我不可能在东莞拍一个成年人的故事。最吸引我的正是这些离家远远去打工的人群，他们是现实社会里一个极大的存在。我觉得他们自身的年龄感和广东有统一和对立。统一是和广东的生机是很贴切的，他们正处于成长阶段，与此对立的是他们的工作环境窒息、冰冷、机械化，又和他们那种活泼的生命形成了一个冲突，这种联系是建立起广东部分视觉的基础。

王泰白　我们有次在北京也聊到过，你在北京你也有强烈的孤独感，你的主人公都是有家不能回或者不方便回家或者是流离失所的。

贾樟柯　在电影结构上，对我比较重要的是重庆和广东的互文关系，就像阴阳的一端一样。重庆的故事预示着广东部分孩子的出场，通过他们短暂的回乡，来解释他们的来路、他们为什么要离开故乡，那是因为农村的孤独衰败，没有机会，没有希望，没有资源，三根烟都要算得很清楚的状态带来了他们流动的理由，希望在流动里面找到机会，去到更有可能提供机会的地方。但是去了希望的地方，是个什么样子呢？隔了赵涛的段落，他们就去了广东。这种对家庭的叛离，这种流落本身存在着一个巨大的原因，在精神上我们的家很难形成我们的归宿，因为我们和父辈隔阂太深，我们和那个环境里的观念隔阂太深了，阶层和阶层之间的隔阂太深了，只能在流动中找一个自己比较舒服的生活。在目前的这个环境里边，如果想改变生活离家是第一步，因为在家里没话说，和妈妈没话说，和兄弟姐妹没话说。当然还有一个经济上的原因，父辈的思维模式、生活模式和年轻人的欲求差异很大，家不是一个能留得住人的地方。

王泰白　我看你整体的流落感，包括你作为导演的意志，对你主角身上产生的悲剧和暴力有种非常冰冷观望的感觉，你以前会有隐忍的方法给他们内心提供一种认同，那种认同和这种暴力的认同是有非常大的区别的。

贾樟柯　简单说就是我们帮不了别人，当他到了那个绝望的时刻，在那个绝望的处境，我觉得我帮不上忙。

王泰白 我们大量的影视剧作品在使用王宝强的时候，一定会用他的喜剧，他的土，他的被嘲笑，他的一口方言，但这个里面让王宝强尽量少说话，很冷酷，这个塑造让我们看到一个很强大的演员的形象出现了，你是怎么看到这种可能性的？

贾樟柯 因为我和演员合作比较看淡他在以前的表现，和我合作的演员我都认识，像王宝强我用他不是因为《盲井》、《天下无贼》，也不是因为《士兵突击》，而是生活中和他有交集，接触过他，感受过他，我觉得他就是周三这个人物，因为他们的出处是一样的。周三成为那样的一个极端的人物，跟王宝强成为一个大明星，他们获得的是同样的成长过程，只不过方向是不一样的，他们需要同样的决绝和意志力。你去做成一件事情，要下决心，承受挫折，我觉得宝强身上有这种压力感。一个少林寺学武的孩子，来到北京闯荡，在北影门口等机会，到他成为一个明星，和一个农家子弟拉沙子最后变成一个职业罪犯，他们所走过的路可能很相似，找了不同的出口而已。另外，我觉得不存在本色演员，任何一个角色都是想象的产物。王宝强和原型有共通性，正因如此，他在想象的时候才能调动他的经验，如果没有想象，也是调动不起来的。表演还是一个想象的工作，王宝强有想象的能力。

王泰白 他演得非常精彩。他带着他儿子朝天鸣枪看烟火的时候，让人又高兴又心酸。

贾樟柯 在县城里生活的每一个人都会有类似的经验，每年正月十五，我们老家的主街都在游行，我一个人在月光下，走在小巷子里，喧闹在远处，有种美妙的寂寞。

王泰白　其实你的整个电影的角色系统里有一些一直从事表演的人，还有一些出其不意的人。包括王宏伟，包括一起洗桑拿的客人，包括一直扮演赵涛男朋友的人，让我总感觉这种非职业演员的出现甚至超过了职业演员的力量，是不是你对我们现在演员体系整体不信任？

贾樟柯　也不是不信任，每个人都有自己的爱将。当你阅人无数，在见过的那么多的人里面最有感染力、最有戏剧性的面孔，包括三明，包括王宏伟，包括一直演赵涛男朋友的兵哥，那是一些赐给你的财宝，就在你的画廊里边，随时可以调用，我没有必要遍地去找。而且他们的表演有很大的可塑性，他们是在帮助四个主演建立可信度的一个支柱。

王泰白　你自己的叙事形成了一个长河，你可能所有电影就是一部电影。

贾樟柯　对啊，就像《三峡好人》里面，三明带着工人回了山西，《天注定》里面他又带着工人来接老婆，他们之间是有关联的，只是同一条船，同一条河流，摄影机落到了不同的人身上，就有了不同的故事。我其实是刻意在建立我个人电影之间细微的联系。如果有一天重放我的电影，我觉得次序是《站台》《小武》《任逍遥》《世界》《三峡好人》《天注定》，我可以把他剪成同一部电影，放一个九小时的什么呢？叫《悲惨世界》！（笑）

王泰白　这部电影的音乐非常猛烈，感觉也和这部戏的决绝姿态有关。你以前和我说过林强的生活状态、价值体系，包括他信佛，吃素，按时作息，他这样一个相对出世淡漠的状态，怎么在你这个如此绝望的世界里调动自己的情绪呢？因为林强的音乐在这部电影里变得很猛烈。

贾樟柯　我们俩的工作方法是这样的，大概约定一个时间，在我可以有一定量的素材给他看的时候约他，有条件的话他会在拍摄的时候来现场。《天注定》没有时间让他来现场，就看初剪，一起聊。林强会用特别诗意的语言归纳出我要表达的东西，然后用这个语言来跟我沟通。比如王宝强出场的那个音乐，叫做《出将》，用的是晋剧里的音乐，胡金铨也老用这个音乐，只不过他用的是京剧里的，曲式差不多，林强加了些电子的东西，就成了王宝强的出场，侠的出场。第二个段落，姜武杀完焦老板之后那个马在走，就叫《脱缰》，我觉得总结得很好，杀人本身就是一个脱缰。赵涛的那部分杀完人就叫《夜奔》，广东的部分就叫《春风少年》，他以前写过的。我并没有像你这样考虑到他现在的生活状态，只是觉得这些事他应该熟悉的吧，林强当明星的时候经常跟大哥吃饭，大哥们都是带枪的，谁要是来寻仇，子弹不长眼，枪一响，倒下的也许是他。他也是江湖过来的，是经过历练之后回归到这样的一个生活状态，他一定能胜任，林强是对自己前面的明星生活有极大反叛的人，那是他的经验、记忆，可以调动。

王泰白　这非常了不起，很难。

贾樟柯　他的一个代表音乐就叫《自我毁灭》，我觉得很难，他就是把自己的明星生活毁灭然后获得了新生。

王泰白　你和余力为合作了很久了，你大量的镜头语言能在最普通、最日常的场景里面让所有人都看到诗意和力量，而不是快速消费市场里非常扁平的影像的感觉，这种日常的美你是怎么做到的？

贾樟柯 视觉经验有两部分，一部分是我们的学习，视觉经验的传承，一部分是自己的视觉创造力。它们是建立在一起的，我们看美术史或者摄影史，大部分优秀的作品都有能力在日常的世俗的世界发觉捕捉到高度的美感，这种努力的成果被我们看到之后，我自己和小余也很喜欢这种美学。我们相信我们能在我们面对的任何世界里找到这种美感，在贫穷的世界，在嘈杂的世界，在荒芜的世界，在中国传统美学的青山绿水里边，在一切矛盾的场景里，我们一定能找到美感。并不是摄影机只有面对我们通常认为美的元素才能找到诗意，并不是只有夕阳落日才能获得美感。同样是一个河流，我们可以拍得很抽象也可以拍得很具象。电影从根本上是对物质现实的复原，这可以完全是美学层面的复原，这个美感和时间感性地联系在一切，那种内在的时间和客观的时间的对比才会帮助你调动所有的美的元素去完成一部作品。我觉得现在电影最大的问题就是时间的美感的敏感度不够，中国人不太善于处理时间。

王泰白 听说《天注定》这次在海外卖得非常好，看外媒，评论也是一片叫好。

贾樟柯 海外评论、卖片都比较好。从海外的评论来看，基本上误读不多，可能暴力是存在于全世界的东西，很容易理解。因为借鉴了武侠片，稍微类型化了一些，所以卖得出奇好，在戛纳期间的销售就超过了《三峡好人》。

王樨白　在片头我们又看到了著名的 K，你和北野武有直接的合作，他最早是怎样找到你的？

贾樟柯　北野武自己的公司叫 Kitano Office，大概在 1995、1996 年又成立了个公司，叫 T Mark，他希望和亚洲的年轻导演合作，负责找人的就是市山尚三先生，1998 年他在柏林电影节看了《小武》。在柏林，我就发现一个日本人老跟着我，我出现在哪儿他就在哪儿，找时间跟我说话。在一个派对结束后的公交车上，他说他是北野武公司的制片，他们要支持年轻导演。我根本就没太听明白是怎么回事，知道他是要找我合作，是个日本制片，我知道北野武，但我不知道 Kitano 是谁啊。他看出来我有点儿迷惑，然后就说他监制过侯孝贤的三部电影《海上花》、《南国再见，南国》、《好男好女》，那我想侯导的制片应该不错吧，他还监制了玛克玛尔巴夫女儿的《黑板》。他相当于是我和北野武公司之间的一个桥梁，后来我们合作《站台》，之后基本上参与投资了我所有的电影。有时候没有剧本也能获得投资，他可能是信任这个导演，这和日本人的思维方式有关，不是特别寻求短期的现实回报，他们很注重共同成长，所以他们每次投资其实都是悲观的，抱着和导演一起渡过难关的心态来进行合作的，更多的是帮导演，而不是短期获利。我和北野武公司的负责人森昌行第一次在东京见面时，他说作为一个公司当然要盈利，但是我们首先做到不赔钱，公司有一个作品就是长期的财富。有人问我为什么长期和北野武合作，有这么好的老板，我为什么不合作，他不是最有财力的老板，但是最理解创作的老板。

王泰白 我每次看到市山尚三先生和你在一起的状态，特别感人，他和你交流的状态就是像你的长辈又像兄长，一个特别安静的人，你说不管你用什么方式讲你的英文，这个世界上最能听懂的就是市山尚三先生。

贾樟柯 我觉得和北野武公司合作我自己性格上的改变，就是意志力的获得，不看一时，就像吴清源下棋，这盘棋可以下输，但是一定要漂亮。我的电影可以在某些方面输，但是它一定是最漂亮的。《站台》就是这样一盘棋，对我来说就是毁灭性的重生。因为《小武》的成功是出乎意料的，我只有二十七岁，我从法国回来的时候，同班飞机上有四个法国制片，那时候就迅速自我膨胀，好在没有影响我的创作。《站台》初剪之后，戛纳电影节说要，那是 2000 年，有王家卫的《花样年华》、姜文的《鬼子来了》、杨德昌的《一一》。那时候我觉得后期时间太短，市山尚三就跟我讲好好做，你还有机会去戛纳，所以我就定下心来做后期，威尼斯影展就很顺利地入围了。当时很得意，觉得三十岁就可以拿金狮，至少是一个最佳导演，结果到最后什么都没有。那天下午我和市山尚三坐在海边，很失落，他说这才是一个电影节，这是个好电影，你慢慢等吧。《站台》等了十年，十年之后被评为新世纪前十年最好的几部影片之一。市山先生很淡然，他认为这盘棋是漂亮的只不过在这个点上输了，他让我学会尊重自己的电影，电影的价值不只在一个奖项，在 2006 年我就真的拿到了金狮。和北野武公司的合作带给我这样一种生活态度、艺术态度，还有意志力，需要时间带给我更多的信心，要么自我毁灭，要么社会把你冲垮了，和北野武他们合作，就是让你信任这盘棋，信任自己的作品，有信心让时间来告诉你结果。我以前不明白日本人那么崇拜吴清源的棋风，后来我明白了，它真的很美。

王泰白 我们所处的这个现状，复杂丰富，让人崩溃，不知所措，尤其对电影来说更是如此，其实你更应该会看到圈内各种导演艺术家会出各种状况，你其实是区别于很多人的，这种自我控制，这点非常艰难。电影的整体生存环境并不好，你在技巧上怎么平衡？

贾樟柯 我觉得在生存技巧上来说我是一个非常主动介入社会的，不是遁世主义者，我一直致力于拆开自己的隔离。我在很年轻的时候发现了很多隔离的方法，比如自我的隔离，了解你的人多了，你就会隔离，比如以前在大排档吃饭，现在要去包间了，这是种隔离，你有很多助手、工作人员，也是种隔离，可能你有自己的立场，不太容易接受别人的观点，也是一直隔离。很多隔离是我们自己创造的，我觉得自己要保持一个好奇心，在接触中获得经验和判断，面对问题的时候是应该主动介入解决的过程，而不是自我隔离。比如我明天要参加的艺术院线的活动，这也是一种隔离，这个社会需要隔离，但这是不合理的，社会需要一些概念化的游戏，但是你自己得清楚，在自我的心态上，对事物的认知上不能建立起自己的壁垒。对我帮助最大的认识是《站台》之后我突然有种危机感，因为全世界的评论铺天盖地过来，我很高兴找人翻译阅读。有一天我突然觉得要警醒，因为你有可能被评论家塑造，那就不好玩儿了。我看了很多国内的评论都提到了对县城的发掘，就会看到这样的表述：最擅长处理县城的是贾樟柯，我很高兴，因为我对县城的感情很深，可是我觉得这很危险，难道我就不能塑造别的吗？就像说小津擅长家庭琐事，那就一直拍家庭琐事吗？美誉也可以击垮你，就像流言一样。学会面对处理这些东西，然后学会保持自己的自由很重要。说实话，人的改变非常小，你说《天注定》和《三峡好人》有多大的区别，一点点，你很吃力，想颠覆，其实才改变了一点点，所以你必须保持自己的活泼。

王泰白 《天注定》11 月发行，那你对这个发行的可能性自己有一个探讨吗？

贾樟柯 我觉得发行就是有多少人能看你的电影，你能赚多少钱。有多少人看我的电影我从来不怀疑，但是有多少人会进电影院看我的电影，这是需要解决的一个问题。不是艺术质量的问题，艺术质量好票房不好的电影多了，只是《天注定》多了些类型的元素，容易进入，市场也变了……

王泰白 中国整个电影产业需要大量的年轻导演来改变面貌，但是年轻导演不具备那种把个人记忆和现实经验结合在一起的叙事能力，或者说是主动把自己隔离掉，这好像是个挺普遍的现象。

贾樟柯 我觉得最大的问题是我们在从事电影工作的时候，我们应该拥有一些知识储备，拥有一些通识，哲学层面的，历史层面的，这是理解这个复杂社会和我们自身处境的方法，大部分年轻导演缺乏这方面的知识体系。他可能有专业的电影和美术知识，但是缺乏理解社会的方法，因为他觉得没用，觉得没法转成电影语言。可是没有这样的视野，很难成为全球优秀电影的一部分，因为国外大部分同行都是在这个通识体系里面工作的，而我们都是在局部的专业领域来工作的，这是绝对不够的，这方面的教育出了问题。任何一个理论体系都是有漏洞的，但是它们共同寻找了很多角度来理解我们的生活，很多人因为这些知识有漏洞，就非常实用主义地拒绝这样的知识获得，因为大部分年轻人觉得它不能转换成电影生产力，不能帮助他们怎么把镜头拍得美啊，节奏剪得好啊，这种教育是非常糟糕的。

王泰白　电影在你生活中占的比例很高了，基本上是全部。

贾樟柯　基本从二十三岁开始学电影到现在，每天都在和电影一起，不断解决问题。我很喜欢戛纳电影节的仪式，戛纳首映红毯有个音乐是爬台阶的音乐，写得很好，结束之后是自己的电影音乐，我觉得那不是荣耀的时刻，而是心酸的时候，万众瞩目的背后有多少艰难，区区这几级台阶背后有多少麻烦事啊。电影放映之前有个电影节 LOGO，就是棕榈树爬台阶，爬到最上面的时候，群星灿烂。那时候你会感觉你属于这个文化场所的一部分，你不孤独，可能戈达尔、费里尼、安东尼奥尼都是这样过来的，电影就是悲喜交加，但从生命的付出和奉献来说，它拿走了我全部的时间和精力。

王泰白　我看你每次拍电影，都是一次巨大的损耗，眼睛都会非常痛苦。

贾樟柯 每次都把它当最后一部拍,我拍电影是毫无保留的,获得一次拍电影的机会并不那么容易。

原载《ELLEMEN 睿士》(2013 年 8 月号)

我是叛徒（演讲）

大家好，我是贾樟柯。刚进这里看到舞台的布置，我吃了一惊，以为来到《中国好声音》了。我说，还以为今天要表演唱歌呢。他们告诉我：不行，你得说话。

这让我想起中学时期一次难忘的经历。那时候我在山西汾阳、一个晋西北的县城里生活，县城里刚刚开始有摇滚乐，我们从广播里、从卡带里听到那些音乐。有一天，收音机里说，在山西省会太原，会有一场崔健的摇滚乐演出。我们这些中学生非常向往，我和几个同学结伴，骗大人说要买参考书，凑够钱之后，我们每个人花了两块八，坐长途汽车前往太原。汾阳到太原的公路距离是一百多公里，那时候长途车大概开了五个小时，辗转反侧，兜兜转转，才到达太原。我们最后买到票，在太原的一个体育场里看了这场音乐会。这是一个很遥远的距离。我们这些生活在县城里的年轻人，如果你想分享音乐、分享城市的文化，你必须行走，必须离开你的故乡，必须前往更大的城市，才能获得这些资讯、资源。

一年之后，我高考落榜了。我父亲跟我讲，你应该上一个大学，但你数学太差了，肯定补不起来，还不如赶紧去学美术，没准你可以考一个美术类学校，因为那个时候考美术不用考数学。我想，用一年的时间学好画画、考上大学的几率，应该比学好数学的几率高，所以我就离开故乡，去了省会城市太原学画。

我记得是在秋天时，又有一个信息传来：在北京，在首都，会举办罗丹的雕塑展。对于梦想成为一个画家的年轻人来说，这个消息就跟我一年多前在县城里听到省城有崔健的音乐会一样，同学们奔走相告。我们一帮男孩子商量，要去北京，要去看罗丹的雕塑展。我们一起买了火车票，从太原到北京的火车要坐整整一个晚上，晚上七八点上车，第二天早上六七点才能到达北京，我们几乎是一夜未眠。到了北京之后，出了火车站先去买当晚的返程车票，再坐公共汽车去看展览。为什么要买当晚回来的车票呢？因为我们当天回来可以省掉一晚住宿钱。大家到了美术馆时，实在太早，大门还没开。后来，我们看到了迄今为止我看过最全面的一个罗丹雕塑展，包括他的很多手稿、素描跟速写。

一次看音乐会，一次看展览，它们成为我生命中非常重要的经历，而且它们引发了我对这个社会的一个思考：对于我们这些生活在乡村、生活在县城的人来说，我们想要寻找更多的文化资源时，我们需要移动。我们需要从县城到达省会，需要从省会到达首都。1949 年之后，整个中国社会变成一个垂直管理的社会，大的资源、重要的资源，都集中在最大的城市，比如北京、上海、广州，接下来资源丰富的是省会城市，还有大的工业城市，然后才一点一点地到县城、到乡村。也就是说，对于生活在田野和山区的中国孩子来说，我们要分享到这些文化资源是非常不容易的，必须要流动。90 年代初的流动机会，就是考大学，或者当兵，这样就可以离开自己的土地，到别的地方发展，获得个人发展的机会。

到了 90 年代末，我在北京电影学院读书，大概是 1997 年、1998 年的时候，学校外边正在修三环路，整个沿三环路的路边，都是用帐篷搭的工人工棚，里面住了很多来自外省的农民工，全是从外地来到城市的面孔。很快，一年接一年，城市外来人口越来越多，整个城市化的发展带来了巨大的人口迁移，就是从基层向大城市流动。造成这样的流动首先有经济的因素，因为你会逐渐地发现农业是不赚钱的，仅仅依赖土地，个人的发展空间、或者说你的收入是非常有限的。另外一方面，则是精神的需求。直到今天，我们要看电影的话，最主要的电影院还都密布在大城市和中型城市，几乎所有的小镇都是没有影院的。我们要同步地、第一时间地看最新的首轮商业大片，只有在北京、上海或者其他偏大的城市。包括音乐厅，包括美术馆，包括飞机场，包括所有的城市设施和一些工作机会，它们都密布在这些资源集中的大城市里。

所以，人口流动首先是生活、生存的要求，对很多年轻人来说，你想改变自己的命运，进入城市才会有机会。另外一方面是精神的需求，在这方面，我有非常难忘的记忆。我曾经在我的文章里写到过这样一个故事：在我已经定居北京很久以后，在我已经成为一个电影工作者、可以全国全世界频繁旅行以后，有一年春节，我从北京回到老家，想去看望我的一个同学，他中学毕业以后没有考上大学，后来就在家务农。他的家就在县城边上的一个村庄里，黄昏的时候，我一个人骑着摩托车，在暮色中去了他家，很熟悉的路，村庄跟以前相比也没有什么改变。到了他家之后，他正好不在，他的父母接待了我，于是我就坐在他的房间里等他回来。我发现，整个房间的陈设，他的被褥、铺盖，甚至他养的植物都没有改变，因为他那个时候还是单身。然后我注意他的床上有一本书，是一本半刊半书的杂志《今古传奇》，这是我们高中时流传最广的一本书，因为它差不多每一期都有三四篇中篇小说，小说题目大多是"大案"、"奇案"、"要案"，类似地摊文学。那本书曾经是我在中学课堂上偷偷读过的，不知怎么样流传到了他的手里，而经过了这么多年，这本书还在他的枕边。这时候我想，可能他还在靠这本书来打发他漫长的夜晚，打发他庸常的日常生活。如果你去乡村行走，你会惊讶地发现它在逐渐变成一个老年人、儿童和妇女的世界，因为青壮年大部分都外出打工，去寻找生活的可能性。另外一部分，在夜晚的乡村里，几乎最重要的娱乐就是打麻将，就是赌博。你可以想象，如果乡村里面没有麻将的话，可能最后一个年轻人都会走掉。这样一种精神氛围，是我们所要共同面对的一个精神背景。

再一方面，如果沿着这样一个路途，我们离开乡村来到城市，离开北方来到南方，我们去到东莞、虎门、长隆，去到长安、石龙，去到这些广东的密集小镇时，一边是林立的跨国公司工厂，一边是跟乡村同样的寂静——几乎在白天的时候，你在这些小镇上是看不到人的。就是我们那些老乡，我们那些离开土地、离开村庄、前往城市、前往开放的南方去打工的亲戚朋友，他们进入到的同样是一个寂静的、寂寞的精神氛围和精神世界。

前几天我在长安这个小镇的时候，看到了这样一幕。那是在一个工厂门口，正好是下班时间，几乎所有的工人都穿着一样的衣服蜂拥而出，大部分是女工，男工人很少。工厂门口有一个男人，大概三十岁左右，背一个双肩背包，穿一件白衬衫，手里抱着一个一岁多的小孩。我看到很多女工围着这个男人和婴儿，他们非常开心。仔细看，你会发现，男人是其中一个女工的丈夫，带着小孩来看她。那么你就能想象，这是一场分离。她的丈夫带着孩子，也许是坐了很长时间的长途汽车来，围墙之内是妻子打工的工厂，他们在围墙外面，在大门口相会。我觉得有非常强烈的一种囚禁感，虽然人们离开了土地，但进入到这些工厂之后，他们仍然是处在一个巨大的封闭里面。反过来说，当你进入工厂、成为流水线上的一颗螺丝钉，在这个城市或者说城市边缘，你所从事的仍然是一个供给的工作，你仍然是在单向地提供给这个城市你的劳动，那么这个城市能回馈给你的是什么呢？

就在这样的一些大型工厂里面，年轻工人其实就是生活在一个乡村的社区里面，人们的往来是以同乡为基础的，比如东北人会扎堆，湖南人会扎堆，湖北人会扎堆，可能甚至会细化到某个县、某个乡，实际上他们面对的还是过去的一个乡土结构。另一方面，就像土地约束了人一样，这些工厂也约束了人，你的自由可能是从一个工厂流动到另一个工厂，你可以从一个虎门的电子厂流动到一个长安的制衣厂。城市高速公路、高铁始终是跟这样的人群擦肩而过。在这样的一个精神氛围里面，我们就容易理解为什么离开了土地，来到了城市，还会发生富士康的那些悲剧。

这带来了一个分享的公平问题。人口移动，进入到城市之后，应该建立起一个相对来说均等的分享式社会。我举一个例子，看我们的社会是如何堵塞了分享渠道，比如说房屋的限购，汽车的限购，就是从制度上堵塞了分享，取消了一种分享的可能。可能有的人会说，对一个打工的年轻人来说，在北上广买一套房子可能是不现实的，但问题是，你拥有这个权利跟没有这个权利，其中有质的区别。在这样一个背景里面，反而让我们思考自我启蒙的问题，对人的束缚、限制，它是一个常态。比如说你一出生，你至亲的父母就是你自由的束缚者。我们还将迎来社会层面的出生，当我们进入到社会之后，我们所处的社会团体，我们所处的人际关系，都会对身在其中的人有所束缚。

一个尊崇个性的社会怎么建立起来？我觉得这涉及个人超越的问题，自我启蒙的问题。这个问题摆在了每一个个体面前。面对束缚自由的常态时，一方面是推进制度的改变，让这个社会的管理更加趋于成熟、人性化；一方面在个人的选择上，我们应该成为个人宿命的反叛者。反叛可能首先来自对多元价值的认同，对单一价值的反叛，比如，当我们整个社会都在用金钱来计算价值的时候，我们是不是还有别的成就感？我们是不是还有别的生活的可能性？面对另一种可能性，我们是不是有勇气去迈出自己的脚步？当你去反叛整个社会保守的价值观的时候，自由就开始逐渐属于你。

在人潮的流动中，我看到了无数个这样的肖像。在山西的山区，在湖北的山区，与我擦肩而过的这些乡村的年轻人，他们在路边站着，他们在打麻将，他们在上网。我在省会城市见过他们，我在北上广见过他们，我在东莞的那些大型工厂里面见过他们，他们生活在我们周围。他们所能够分享到的东西并不是太多，现在我们有一种信息的假象，如果我们从互联网的角度，可以说我们在信息的分享方面似乎丰富了很多，但是，人们分享了信息不等于分享了生活。那么真正的实体生活，衣食住行，这些触及你个人基本生活内容的改观，它是信息自由化所代替不了的。另一方面，我们并不能够期待网络能带来一个个性化的中国社会，我不相信网络能够带给中国更年轻一代更多的自主性，网络本身所提供给你的价值可能更加单一。因而我想，一个充满反思、反叛的社会，是需要我们共同去建立的，所以最后我想说的是，如果我们想获得自由，我们不能仅仅依赖网络，我们不能仅仅依赖外部制度的改变，我们更应该依赖的是我们自己，一个个对自由有渴望的个体。

我是一个叛徒，谢谢大家。

《南方周末》"THINK+2012 大声思考"演讲（2012 年 11 月）

只有虚构才能抵达（对谈）

汤尼·雷恩、贾樟柯

　　汤尼·雷恩：英国著名影评人，电影节策展人及作家，因对东亚电影的深入研究和人脉关系，成为中、日、韩、泰等地影人通往西方世界的一道窗口。著有关于铃木清顺、王家卫和法斯宾德等导演的研究专著。

　　汤尼·雷恩（以下简称汤尼）　该片很显然取材于近期发生的一些新闻事件，你是如何选择这些故事来进行戏剧化的？你是怎样把它们构思联系在一起的？

　　贾樟柯　最近几年，中国人开始广泛地使用微博，也就是中国的 twitter。我们进入了所谓"自媒体"时代，每一个使用微博的人都同时成为一个媒体的拥有者。人们在微博上聚合，一起报道、讨论着公共事务。发生在中国各个角落的突发事件,得以通过微博迅速传遍中国。

在微博密集呈现出的社会信息中,那些本来应该避免的暴力事件让我感到不安。中国快速的变革,带来了地区发展的不平衡以及越来越大的贫富差异。整个社会缺少多样的沟通渠道,人与人之间缺少沟通的习惯,于是暴力成为弱者挽回自己尊严最快最直接的方式。这些悲剧,让我觉得有必要用电影去面对暴力问题,只有这样我们才可能减少生活中的暴力。

于是,我开始想拍一部电影,不只关于一个人、一个事件,而是一组有关暴力的群像。我研究了一系列让我震惊的暴力事件,把它们综合起来,用虚构与戏剧化的方法,呈现我所理解的当代中国现状。

汤 尼　影片故事中有多大部分是创作出来的?你有没有就事件进行调查研究,以达到针对原事件的真实度?

贾樟柯　剧本写作之前,我去这些事件的发生地进行了现场考察和资料收集,也进行了少量采访工作。这些资料成为我拍摄的动力和最初的出发点,但在剧本写作和拍摄中我采用了全面的虚构,我觉得只有用虚构的方法,才能抵达事件内在的社会关联和人物内在的真实动机。这些事件有着强烈的矛盾和冲突,自身呈现出一种戏剧性。我采用中国文学中"演义"的方法,也就是基于一个基本的事实,对事件和人物进行全面的戏剧化处理的方法,完成了这部电影的虚构。这期间,我看了大量中国传统戏曲,陈怀皑、崔嵬拍摄于 1962 年的京剧电影《野猪林》让我得到了一些叙事方法上的启发。

汤 尼 影片中的四个故事发生于中国的不同地区，掺杂多重方言，某些角色在远离家乡的地方找工作，影片的地理跨度对你而言是否具有一定的重要性？

贾樟柯 《天注定》中的四个故事发生在中国由北到南的四个区域，胡大海的故事发生在我的家乡山西，那是中国北部、一个寒冷空旷的农业省份。第二个故事发生在重庆，是中国西南靠近三峡的城市。第三个故事发生在湖北，是中国的中部地区。最后一个故事发生在广东东莞，那里是亚热带，是中国南端沿海的开放区域。

这四个故事从空间上几乎覆盖了整个中国的疆土，这让我想到中国传统绘画中的万里河山图。在中国古代的绘画中，画家一直在尝试在一幅画中将整个中国的山河大地描绘完整。我也有同样的美学冲动，试图在视觉上完成一次流动的中国之旅。

中国社会目前的确处在一个人潮流动的阶段，不同地区的人为了寻找更好的工作机会，为了改变生活而大量地进行迁移。人的流动带来了新的人际联系，我希望我的电影能呈现人与人彼此关联的事实。

汤 尼 你认为在 2013 年这类情绪有多普遍？

贾樟柯 在过去很长时间里，中国封闭、集体主义流行，很多人的自我意识并未真正萌发。中国经过三十多年的社会变革，让大多数人自我意识觉醒。三十多年变革所积累的社会问题，包括分配不均、贪污腐化等没有得到及时的改变。越来越强的自由意识和越积越多的社会问题，让我们对中国现状的改变有着更大的期待。

汤尼　之前的剧情片作品都着眼于中国当今的社会及心理问题，并都倾向于悲观基调收尾。而此片中的人物采取决断行动改变自己的处境，这是否意味着您的作品开始具备更加尖锐的视角？

贾樟柯　过去，我的电影比较多关注处于日常常态中的中国人的情况。从《三峡好人》开始，我开始意识到，人们为了改变个人处境，有的选择了极端的暴力方法。这让我感觉到暴力不仅是一个社会问题，更是值得我们去研究的人性问题。

汤尼　该片中既有知名演员，又有非职业演员，能解释一下为什么这样选角吗？

贾樟柯　我知道这将是一部戏剧动作强烈的影片，里面有人与人之间利益的冲突，有人与环境的冲突，也有自我内心的冲突。我在写剧本的时候，就想到要由那些有戏剧表现力的专业演员来出演。扮演大海的姜武，曾经出演过张艺谋的《活着》和张扬的《洗澡》。扮演周三的王宝强，曾经主演过李杨的《盲井》。扮演小玉的赵涛跟我合作多年，去年她在意大利影片《我是丽》中成功地扮演了一位来到威尼斯的中国移民。扮演小辉的演员，是我在湖南的表演学校找到的大一学生，他只有十九岁。

我依然珍惜电影的纪录美感，我同时使用了大量的非职业演员，大量实景拍摄，用五个月的时间完成了这次横跨中国的拍摄旅程。我希望我的电影，能从自然的日常状态中，提炼出惊心动魄的戏剧感觉。

汤　尼　影片的英文名似在向胡金铨的《侠女》致敬，而且结尾戏剧是胡金铨为邵氏电影拍摄时用过的，请问您的作品与胡金铨的武侠片之间有何联系吗？

贾樟柯　我非常喜爱胡金铨的电影，天注定的英文名字"A Touch of Sin"，就是为了致敬胡金铨导演的《侠女》—— A Touch of Zen，《天注定》中小玉（赵涛）的段落，甚至赵涛的造型也借鉴了徐枫在《侠女》中的造型。《天注定》片尾的戏剧是《玉堂春》，讲一个被诬有罪的女子最后获得自由的故事。这出戏在中国家喻户晓，胡金铨导演的第一部戏也改编自这出戏。无论什么时代，同样的故事好像一直在重复。另外一位邵氏导演张彻，对我也有影响。张彻的影片基本上是男性的英雄的形象，他的电影呈出了一种非常直接、简单的一种魅力，也提醒我在《天注定》中采取一个比我过去电影更加直接、野性的方法。

原载英国《视与听》杂志 2014 年第 5 期，原题为《旧与新》

山河故人

2015

〈故事梗概〉

1999 年

中国北方小城汾阳，涛儿一直徘徊在煤矿主张晋生和矿工梁子的三角关系之中，当上个世纪最后一个春天来临，涛儿选择嫁给张晋生，梁子远走他乡。

2014 年

重病缠身的梁子，背井离乡十五年后带着妻儿回到故乡，等待生命最后一刻的停摆。病床前涛儿与梁子相望唏嘘，涛儿已经离婚，前夫张晋生准备带儿子移民澳大利亚。涛送儿子去上海坐飞机出国，火车悠长，这是母子间最后的惜别。

2025 年

涛的儿子长大成人，住在澳大利 A 城。他不喜欢讲中文，只记得母亲的名字叫 "Tao"，波浪的意思。

北半球，冬季的汾阳。五十多岁的涛突然回头，仿佛有人在呼喊她的名字，但围绕她的只有纷飞的大雪。

〈导演的话〉

经历过悲欢离合，所以想拍《山河故人》。

这部电影在时间上涵盖了过去、现在和未来，从 1999 年跨越 2014 年再到 2025 年。

从 90 年代末开始，中国经济开始加速度发展。伴随着这场超现实的经济运动，人们的情感方法无法阻止地被改变了。触发我拍这部

的动机在于，我们放大了人类活动中经济生活的比重，却缩小
感生活的尺寸和分量。因而我会幻想，再过十年，在我们的未来，
会怎样理解今天发生的事情，我们会如何理解自由的问题？
佛教把人的生命过程归为"生、老、病、死"，我想用电影去面对：
哪一个时代，所有人都要经历的那些不可回避的艰难时刻。
山河可变，情义永在。

你我心知

几年前，昆明"云之南纪录影像展"的负责人易思成来信，说他们的影展遇到一些资金方面的困难，恐怕难以为继。看完信，心里有些难过。对一个热爱独立纪录片的人来说，我知道他所处的多重困境。一方面是这些影片勇敢直白的内容不合时宜，另一方面，就连最活跃的影评人都不是太了解这些电影的存在，更不要说越来越商业化的媒体。独立纪录片和公众之间缺乏最基本的沟通渠道。所以，这样一个影展在财务上的困难就很容易理解了。

钱能解决的都不是问题。解决了财务问题，我和易思成商量，建议他请几个影评人来参与电影节。这样可以让这些纪录片获得评论的关注，他们如果愿意写文章，在网络或者媒体上发表，纪录片导演的创作也就有了必要的回应。现实总需要一点一点改变，如果连影评人都不关注，独立电影就很难获得公众的理解。思成觉得是好主意，他提出了影评人的人选，我建议加上木卫二的名字。

我在北京电影学院学习了四年电影理论，转行当导演后一直也还关注国内影评的动态。2000 年前后、新世纪初始，新兴的网络，特别是论坛和博客让爱电影的人突破地域的限制在网络空间里重新聚合。那时候人们在"西祠胡同"里热烈争论，甚至"大打出手"。新旧交替的时期，学院派文化分析式的研究及谱系式的评论式微，新兴影评人将"独立电影"在网络上主流化，与导演一起冲撞出一片话语空间。不久，《英雄》开启了中国大片模式，随之而来的是电影的市场化浪潮。随大片而来的商业宣传及营销模式，让掌握资本的制片人凭借资本的力量，与主流媒体迅速合流。那个年代开始有了"控制口碑"等"专业术语"，网络培育出的第一代影评人散了，有人当了编剧，有人当了导演。

木卫二差不多是在这个时候出现在读者视野中的。他从福建来到北京，似乎并不知晓中国电影深久的内部之争。应该说，他对这些毫无兴趣。他的工作背景是业已成熟的网络下载，对他来说中国电影只是电影世界的一个组成部分。网络下载以及他的年纪，让他轻易进入到一个没有世俗"国籍"的电影王国。他是福建人，便对严浩的《似水流年》情有独钟。这部影片拍摄于潮汕地区，这里靠近福建，有与他气息相通的河流和桥梁、语言与风俗。木卫二去到这些地方，拍摄照片，用微博发表出来，传达他的体感。这些体感在他的电影评论中非常重要，这构成读者进入这些电影的感性通道。用文字描绘电影的美感，非常考验评论者的素养。符号化的盖棺定论和掉书袋的考证类比都相对容易。导演的工作是将"词穷"的部分拍摄为影像，好的评论是将影像的意蕴还原于文字。

木卫二在评论锡兰（土耳其导演）的《远方》时写道:《远方》的弥足珍贵，更多体现于它与我个人生命经验的交汇。从乡镇到县城，再到小城市和大城市，我像许多人那样，一步步往城市的中心漩涡走，经常反思着去与留。当年初看，我为表弟寄人篱下的委屈，触动不已。如今再看，我对大叔的冷漠和迷茫，深感哀伤。他在机场的鬼祟，伤人后的彻夜不眠，再到抽着劣质烟的神情，更加印证了表弟反驳他的那句话:这个地方（城市）改变了你。可事实上谁都看得出来，就像海边的长椅上，有过表弟的身影。就像表弟的身上，也有大叔过去的影子。烟雾弥漫着你的眼。

木卫二是豆瓣与微博的一代，豆瓣上能看到的更多的是他的"火线影评"，特别是在国产电影上画的第一时间，都能在豆瓣上看到他激烈的评论，很多读者也是通过豆瓣了解他的工作。在微博上，他谈电影、美食与旅行，这是人生多么美好的三样东西啊。不知从何时起，他开始了看电影的云游生活。香港电影节、金马影展、上海电影节，他和朋友们猜测谁将终成大器，也会评出个人年度十佳。

在他的新书中，他把电影归为三类:欧美、日韩、华语。他在电影的世界中云游，也用国际性的标准考量华语电影。我们很容易对本土文化失望，也很容易放低对本土电影的要求。木卫二对内地导演的评论，有时候会让人觉得不近人情。但磕磕碰碰在所难免，犹如夫妻、家人或朋友。在木卫二的笔下，对内地电影的爱意并不缺乏，他写《推拿》：对《推拿》的喜爱，说到底与原著无关，与演员无关，甚至也与曾剑的摄影突破无关。在中国古诗词里，表情达意主要靠意象，我认为娄烨已经找到了这种诗情技巧。电影的结尾，买菜归来，热水洗头，暮雪纷飞，并不新奇的三样事物，组合一起，却精细地描述了江南的冬天和日常的美感，情义暖暖，你我心知。

而他的焦虑呢？在电影营销的时代，他和他的同道们不得不讨论"红包影评人"的问题。他必须远离这些，方法是云游吗？

全媒体时代的木卫二，他在《北京青年报》等传统媒体开有专栏。他仍然会把影评发布在豆瓣上，当然也会在自己的微博上转载。他和朋友也创办了影评公众号，他会用一切方法传达自己的声音、判断与愤怒。有人说，因为强大的营销，影评人的时代过去了。但是，独立的评论不正是因为"舆论控制"的存在才显得重要吗？

此文为《木卫二评论集》序

站在人生的中间点（对谈）

汤尼·雷恩、贾樟柯

汤尼·雷恩（以下简称汤尼）　您的关注点经常集中在中国快速的社会和经济变化上，电影《站台》就跟随你的主角们穿越了十年的岁月。那您现在对这些问题的看法有了怎样的改变？您又是如何为《山河故人》选择了"过去—现在—未来"这样一个三段式的结构？

贾樟柯（以下简称贾）　我今年四十五岁，这意味着我对过去的生活拥有了比较多的记忆，而未来仍然需要想象。站在人生的中间点，观察今天的生活，回忆过去，想象未来，这是我自己的处境。这让我在拍完《天注定》后，急迫地想拍一部情感影片。今天中国社会仍处在快速的经济运动里面，这场经济运动形成了以钱为中心的单一价值观，伴随这场运动出现在当代生活中的新科技，比如网络、高速列车，也在改变着我们的情感方法。我们忽略、放弃了很多本来应该属于我们的情感。我经常会想，如果再过十年，当我更老一些的时候，会不会对今天的生活充满遗憾？生命的过程对我们来说只有一次，每个年龄段所面临的问题对个人而言都是崭新的。近几年，中国出现了大规模的移民潮。年轻的父母带着孩子出国，寻求更好的教育和生活。两年前我带着《天注定》去了美国、加拿大、澳大利亚等国，我接触了很多这样的中国家庭，特别是山西的移民家庭。更年轻一代在海外的生活状态，让我非常震惊。在这些家庭里面，很多年轻的孩子不仅不会说山西方言，有的甚至连中文都不会说。父母双方总有一个因为语言的问题和孩子无法沟通，这是我们需要的家庭关系吗？

汤 尼　触发整个电影故事的其实是涛选择了张晋生而非梁子这样一个重大的决定。现实角度而言，这个选择是明智的。因为张晋生非常有野心，也有发展前景。而梁子则普通平庸。但事实却证明她的选择给她的情感带来了很大的创伤。您是怎样看待她的选择的？

贾樟柯　涛这个人物应该面临了两次艰难的选择：一次是选择她的爱人，结婚的对象。一次是她放弃了孩子的抚养权，让孩子跟着前夫生活。对于第一次选择，我想对涛儿来说是一个感性的选择。很显然，张晋生这个人物在情感表达上更主动，也更有行动能力，也比煤矿工人梁子更浪漫一些。对青春期的女孩子来说，这都是能够被吸引的理由。涛儿对张晋生的选择，当然也包括张晋生的经济能力，他拥有一辆车，这辆车带给她看似更加自由、现代化的生活。他们可以开车去黄河边，一起去放烟火。我不排除爱情的因素中包含有物质的诱惑。

我想她面临的更艰难的选择是在当代的部分，她和张晋生离婚的时候，她决定让孩子跟着前夫生活。这里面有非常现实的考虑。对于母亲来说，她一定希望孩子跟自己生活，但是她知道自己生活在一个资源和机遇都非常缺乏的内陆地区，而张晋生这时候已经去了中国的金融中心上海生活。涛儿认为自己是一个没有本事的人，无法为孩子提供更多生活的可能性。而这些生活的可能性，事实上是在物质的层面。比如说，因为拥有财富，道乐在上海可以上国际小学，他可以学英语，可以出国。这个选择更多是基于现实的考虑，但恰恰是这个选择，决定了她 2025 年的孤独。这也是今天我们应该反省的思维模式，钱是否可以成为所有东西的替代品？我相信到 2025 年的时候，当涛儿五十岁的时候，她一定会怀疑当初她自己的选择。因为这带来的是她和孩子长达十几年无法见面，同时也带给孩子在澳大利亚没有母爱的孤独感。《山河故人》的结尾没有交代母子是否相会，但观众可以想象：当道乐从澳大利亚回来，母子会有怎样一番交谈。

汤 尼 在 2025 年的这一篇章中并没有真正很科幻的部分，但却有一些有意思的预测，比如透明平板设备，还比如黑胶唱片超越 CD。在未来趋势和技术方面你想了多少？另外您为什么会选择澳大利亚？

贾樟柯 2025 年很远吗？其实不远，十年以后就到达了。所以一开始我就告诉自己，这不是一部科幻电影，而是用电影去想象未来人们的情感生活。和今天一样，未来人们的生活可能仍然依赖于网络。这样就涉及了平板电脑、手机这些媒介。我的美术指导是一个电子产品迷，他给我搜集了很多未来的概念手机和电脑的设计，我们在这个基础上想象到了未来的透明电子产品。而黑胶唱片，对我来说是一个历史的遗产，它今天似乎退出了人们的生活，年轻人基本上是通过手机、电脑在网络上下载音乐，实体的唱片似乎在消亡。但我相信，就像纸质的图书一样，黑胶唱片的生命力会一直持续到未来。就像《山河故人》中的对白，并不是所有的东西都能够被时间摧毁。

我也曾经想过把电影的未来部分放到北美，比如说温哥华、多伦多、纽约，这些拥有大量中国移民的城市。后来我决定把故事设置在澳大利亚，是因为澳大利亚地处于南半球，虽然从上海飞到澳大利亚西岸的珀斯只需要七个多小时，但是它跨越了南北半球。当南半球是炎热的夏季时，北半球的中国正好是冰天雪地。气候的巨大反差，带给我一种遥远的感觉。电影中的人物似乎自我放逐到一个无法回归的、遥远的天边。

汤 尼 就像电影《天注定》的开篇和结尾一样，本片带观众回到了山西，尤其是汾阳您的故乡。除了您对这个地方的个人情感，您是把汾阳当成 21 世纪中国的一个缩影吗？

贾樟柯 从第一部电影《小武》到《站台》、《天注定》，我的故乡山西汾阳一直是我电影中重要的美学场景。每一次选择回到故乡拍摄都有不同的理由：拍《小武》时，我把汾阳作为经历变革的内陆小城来看待，它是中国所有待发展、待开放城市的缩影。大多数中国人聚居在这样的地方，虽然处于中国最核心的文明区黄河流域，但在近期的电影中被摄影机所忽略。

拍《天注定》时，除了前面的理由，还因为山西拥有大量的古代建筑，当代人还穿梭生活在这些古代建筑中。《天注定》的四个当代故事非常像中国古代武侠小说《水浒传》中的故事，《天注定》中的现代人物穿梭在古代的建筑中，恰好能帮我来描绘这样的一个主题：暴力问题是一个伴随人类的老问题。汾阳的环境能够让《天注定》的叙事和中国经典的叙事发生重叠，产生微妙的关联。

《山河故人》再次选择汾阳，首先是带有一种深刻的乡愁，因为我离开山西在北京生活已经很多年，每年只有很短的时间回到故乡。当我想拍摄一部发端于 1999 年的电影的时候，回望上个世纪，我会想起我的老家的那些朋友，想象他们生活的情况。我一开始就设定《山河故人》为一部关于"情义"的电影。在中国我们往往笼统说"情义"这个词，但在我家乡山西的文化里面，有时候会把"情"和"义"分开。"情"是基础，让我们能够在一起用爱来相处。而"义"是一种承诺、一种责任。当随着时间的推移，人与人变得陌生，情感也趋于淡漠后，还会有"义"的精神处理人际关系。《山河故人》中，矿工梁子生病之后又回到故乡，去向涛借钱治病。涛去看望他，给予他资助。两个人彼此的爱慕关系没有了，但仍然有对过去友谊、岁月的一种尊敬。中国文化中，"义"的精神来源于我故乡山西的一个历史人物"关公"，他是中国经典小说《三国演义》里的重要角色。在中国人际关系越来越实用主义、人与人关系越来越淡泊的现实氛围中，我非常怀念我过去在山西的生活中，所能感受到的情义。

汤 尼　如您经常采用的手法，本片有一些反复出现的元素，值得注意的是那些引起道乐似曾相识感觉的部分。您是否能解释一下您是如何将这些元素编织进您的故事线中的呢？

贾樟柯　1999 年涛在她的街道上看到一个十岁左右的孩子拿着一把关公大刀穿街而过。她不知道梁子会在 2014 年的河北邯郸也看到同样的一幕：那是一个二十多岁的年轻人拿着关公刀在矿区穿行。人们各自拥有不同的记忆，但其实我们拥有非常相似的生活。对我来说，这种重复也在描绘一种神秘的关联关系。澳大利亚部分重复了那首广东歌，叶倩文的《珍重》，道乐的母亲在火车上曾经放给他听过。他或许忘了，但是他在中文课堂上被这首歌吸引，或许这种记忆以另一种形态存在，仍然在他的身体里发挥着作用。就像当 Mia 开车带他去旅行的时候，他觉得似曾相识。因为 2014 年，当他的母亲涛儿从飞机场把他接回家的时候，也是开了一辆车，母亲戴着墨镜，道乐坐在副驾驶的位置上。

汤 尼　电影每个章节拍摄所用的画面比例都是不同的。这些画面比例对您来说意味着什么？

贾樟柯　《山河故人》有三种画幅：1999 年是 1:1.33；2014 年是 1:1.85；2025 年是 1:1.39。这并不是一种主观的画幅设计。90 年代，我拥有一台 DV 摄像机后，经常带着它和余力为一起出去漫无目的地拍摄，那时候这台摄像机的画幅是 1:1.33，我们拍了大量的影像素材。最近几年，我们也偶尔会带着一台艾丽莎摄影机，在中国的内陆随心所欲地拍摄，我们使用的画幅是

1:1.85。我偶尔会看这些我也不知道为什么拍下的素材。时隔多年,我会被那里面的人吸引。他们现在在做什么?他们过得好吗?我想把一部分素材用到《山河故人》里面,它是文献,散发着无法再造的时代气味。在 1999 年的段落里,汾阳街头春节夜晚的狂欢,迪斯科里面跳舞的人,那辆险些翻倒的卡车,都是当时用1:1.33 画幅拍下来的。2014 年的部分,旷野中点火的无名的人,暮色中的矿区环境是我用 1:1.85 的摄影机拍下来的。这些影像已经存在了两种不同的画幅,我想这个电影或许应该用三个画幅表现三个不同的时代。

汤 尼 选择 Village People 的《Go West》作为迪厅的主题曲您是否有特别的用意?那位在第一章和第二章拿长矛唱京剧的人又是谁?他是否与《天注定》中的大海有所联系?

贾樟柯 我在拍摄之前曾经给赵涛写过一封信,我说你要从青春演到五十岁。对我来说,青春像爆炸一样浓烈,五十岁的时候逐渐像大海一样宁静。90 年代末,正好是迪斯科在中国最流行的时刻,那时候年轻人在迪厅里面跳舞是周末重要的娱乐。迪斯科带给压抑、羞涩、内向的中国人一种打破性格局限的可能性。那时候我也经常在迪厅里面玩耍,《GO WEST》是最让我们激动的一首迪厅金曲。我的回忆非常依赖音乐,更重要的是音乐让我获得一种想象。

拿关公刀的人,我们可以把他想象成一个学武术的少年,有可能是学戏的。他拿着刀,出门在外,讨口饭吃。我们也可以想象,他是穿过拥挤的街市的神明,他就是关公。

他们比贾樟柯更孤独（对谈）

许知远、贾樟柯

许知远，单向空间创始人之一。2000 年毕业于北京大学计算机系，曾任《经济观察报》主笔、《商业周刊／中文版》执行主编。已出版作品《那些忧伤的年轻人》《一个游荡者的世界》《中国纪事》《醒来》《祖国的陌生人》等。

"贾樟柯的最佳时刻，不是来自他的深思熟虑，而是他的敏锐与穿透力，他能意识到崭新的时代情绪，并且准确、迅速地表达它。"

他说，这些认可让他更自由。尽管这些认可似乎过早、过分密集地到来。

不过四十五岁，贾樟柯已是世界最负盛名的电影节"终身成就奖"获得者。从 1995 年的第一部学生作品开始，二十年来，他保持着每两年一部长片的速度，几乎每一部都获得了广泛赞誉。

他对我个人影响甚深。他以自己成长的山西小城为背景的三部曲，让我第一次意识到自己生活的重要性，那些熟视无睹的日常也有着动人与感伤。

成为朋友后，我多少有些意外地发现，他的谈话与书写能力甚至比镜头语言更有力量，艺术家的敏感与知识分子式的分析在其中高度融合。

我们算不上多么熟识，在北京、香港、台北偶尔相遇，却总有一种故友重逢之感。或许这并非对等的情绪，我对他的理解应该多于他对我的兴趣。

在同代人中，再没有一位比他更让我折服的了。他有一种罕见的平衡感，在感受力与理性分析之间，在个人命运与时代情绪之间，在知识分子情怀与江湖气之间，在创造力与商业运作之间，在中国社会与世界舞台之间，在故旧与陌生人之间，他似乎都能从容不迫……

我总记得，他说起最初去欧洲参加影展的感觉——北京是更大的汾阳，巴黎是另一个北京。这不是说他对外部变化不敏感，而是他有一种内核，并因此带来某种特别的镇定。那些县城的个人故事、感伤时刻、无所事事、光荣与梦想，滋养了他，令他足以坦然地面对任何新变化，至少看起来如此。而我觉得自己，总是有一种边缘人的慌乱。我不知这因何而来，是与青春经历有关吗？他考了三年才上了电影学院，毕业后用一种再小众不过的独立电影人的视角切入社会。而我入读北大，未毕业就加入了一份主流商业报纸。我们都有志于描绘变化的中国。

这也像是对人生的某种嘲讽，他诚实地带着他的县城经验，从容进入了世界，而我一开始就想象着世界经验，却发现自己找不到落脚点。

我们在一个夏日的午后见面，他的工作室仍保持旧日的模样，挂在墙上的各个语种的海报，桌上的烟缸与书籍。他穿深蓝色圆领 T 恤，像刚从一场不佳的睡梦中醒来，残存的疲倦尚未散去，一直在吸一支雪茄，我忘记这是他何时养成的爱好。

谈话是散漫的。他说起两天前，在街边大排档与邻桌无礼中年男子的冲突。他对我说，如果当对方挥拳冲过来，你一定迎上去，不要向后退，少年时，他颇练过几年的形意拳。他也说，不停歇地拍摄、表达，他觉得疲倦了，想慢下来。二十年来，从无所依靠的县城青年到移民海外的富商，他捕捉了形形色色的中国人、中国社会的情绪。对于很多人来说，他是这个令人惊叹的中国故事的最佳描述者。对于他的批评也源于此，他太着力于捕捉这些时代情绪了，而变得越来越概念化甚至空洞。

有那么一段时间，我也有类似的感受，觉得他掉入自我表达的窠臼，同样的意象被重复使用，因为过度熟练而失去生气。但我随即意识到这是一种苛求，倘若有一个巨大的、亟待被表达的主题，表达的形式与节奏是可以被忽略的，至少是暂时性的。而且，判断一个人的杰出与否，从来不是他犯了多少错误，而是他做了哪些正确的、不同的事。贾樟柯的最佳时刻，不是来自他的深思熟虑，而是他的敏锐与穿透力，他能意识到崭新的时代情绪，准确、迅速地表达它。在某种意义上，他是我们时代最伟大的新闻记者。在 Berkeley 的一家影院，我看到《天注定》，那也是第一次在大屏幕上看到他的电影。置身于陌生人中，我意识到他的那种叙述方式与节奏，对一个对中国经验全然陌生的人会带来多大的吸引力，也提醒我这样的局内人可能的麻木。彼时，他的新电影《山河故人》，我尚未看到。

如今，他想暂时中断这捕捉式的尝试，因为他越来越发现现实中国的困境，必须回到历史源头中。同时，他或许也觉得个人经验固然动人、有力，但它也终究有枯竭之刻，他想处理陌生的经验，比如蒋经国。苏联、民国、台湾，布尔什维克、独裁者、民主改革者，这些混杂的经验如何混合在一个人身上？这也是与他的成长截然不同的经历，需要他崭新的想象力。

贾樟柯说，大不了拍出一个四不像的蒋经国。但这四不像，却让人充满期待。我们的谈话宽泛，从社会情绪的变化到他对年轻一代观影者的忧虑，一些时刻，我感觉，我们像是两个九斤老太在感慨"今不如昔"。

想回到过去的那种生活

许知远 你的性格是不是受你母亲影响挺大的？我觉得她平衡感特别强。

贾樟柯 我妈比较务实。她刚参加工作，在"文革"时候，在武装部做打字员，后来因为我们家穷亲戚特别多，我的几个姨妈，大姨就有九个孩子，生活特别艰苦，就靠挣点工分勉强糊口，我妈就想办法调工作调到糖业烟酒公司，家里就有物资了。那个时候的物资是什么呢？就是春节的时候能买到白糖、红糖，能买到烟酒，生活就有保障了。我妈觉得这个大家庭需要物资，她就调工作呗，她一直是这样的人。

许知远　你之前说一两年前开始觉得疲倦，想慢下来，为什么？

贾樟柯　从我1995年开始拍第一个短片到现在，创作没有停过，围绕创作的各种活动、写作也没有停止过。整个生活内容就是被自己喜欢的工作填满了。然后，长时间在旅行，在写作，在拍片。特别是拍片，你想要保持一个比较稳定的拍片量，工作是不能间断的。写剧本好几个月，写完看景，找演员，建组，拍摄，拍摄完去宣传，宣传的末声又开始写剧本……这二十年我就是这么过来的，一个事接一个事。最近两三年就觉得太挤了，也不是累，就觉得单调、单一。因为我总在工作，朋友都是工作的伙伴，另外一部分朋友就被忽略，另外一种生活也被忽略了。这两年就特别想回到过去的那种生活。

我过去的生活是什么呢？就是街道上的生活。高考没考上那一年夏天，特别高兴，因为那时候考上考不上无所谓。但因为不上学了，基本上就是上午去一个同学家聊聊天，中午回家吃饭，睡个午觉，睡起来之后体力之充沛啊，非常舒服，然后就上街。

我有一个朋友是配钥匙的，先在他的摊上喝茶、聊天，然后去找另一个同学，他们家是卖图书、杂志和报纸的，我就去人家摊上看摊，就是为了看那些杂志和最新的小说，包括《收获》、《当代》、《十月》等等，那里就等于是我的图书馆。读一阵儿之后，天快黑了，朋友就开始聚。有一个朋友在教堂里扫地，将来我拍电影特别想把他拍进去。80 年代末，我们没有人去过香港，他也没去过，但他是一个香港电影迷，他研究香港的地理位置，能准确地给香港画出一张地图来，港岛在哪，九龙在哪，尖沙咀在哪，尖东在哪，因为那些黑社会电影里都有这些地方。

等我后来去了香港，我发现他说得没错，非常准确。而且他还跟香港的神父通信，非常传奇。那时候的生活特别舒服，大家晚上会一起去看电影，如果县城里有演出就看演出，看完再去一个朋友家打麻将，然后回家睡觉。这就是我很怀念的那种生活。

许知远 那么二十年来你的驱动力到底是什么呢？是表达的欲望，还是要获得自我的确认，或者其他什么原因？

贾樟柯 我觉得一定是混合在一起的。首先我觉得是表达的欲望，总会有新鲜的刺激诱导我去说出来，我的载体就是电影，用这个周期特别长的工作来完成我的表达。在完成的过程里，既然你选择了这个职业，一定有想在这个行业里面获得确立的欲望，因为它代表着你逐渐好转的工作环境、工作条件。

许知远 我们以前聊过你对于中国社会情绪的变化，这二十年来，这种情绪发生了什么样的改变？

贾樟柯 我很难再回顾那些戏剧性的改变，总体来说，最大的一次变化可能是拍《三峡好人》的时候。在那之前，我总体上对中国社会还是很乐观的，但我拍《三峡好人》的时候，越来越失望，因为当我真正深入到长江地区之后就发现，社会呈现出一种固化，并没有那么大的流动，大家就是从一个艰难生活流动到另一个艰难生活。无非是从重庆、长江流域，到东莞去打工，生活有本质变化吗？

我们其实生活在一个变革的幻觉里，所以当时《三峡好人》的剧本就一边拍一边改，最后两个故事其实就是在讲，现实就是这个样子，个人该怎么选择，最终还是强调个人有选择的自由和权利。

然后另外一次变化就是最近这一两年。最近这一两年我在工作中遇到来自公众的压力和挑战。归纳起来就是三点：第一点就是到底是不是在取悦西方人，你是在给外国人拍电影，获取个人的好处；第二点就是市场经济的煎熬，说你的电影没人看，是一种脱离大众的自私的电影；第三个就是因为我要生存，每年拍大量的广告，我在这个过程中越来越成为一个受商业世界欢迎的人，商业化是否是一个污点？

商业化又跟第一个问题结合在一起，你是否在出卖某种中国的现实和底层人民的生活来获取你的衣食无忧？这是一个老问题，当然我一直比较镇定，因为没有一种艺术工作是不被人谈论的，除非你的电影的确没人看。但二十多年过去了，比如说我遇到的娱乐媒体的记者，其实都 90 后了，他们的思维模式是一样的，这个就让我非常非常失落。

我刚拍电影的时候觉得特别有激情，觉得电影可以改变世界，但现在我觉得世界改变得太慢了，二十年算三代人，三代人过去了，思维模式没有任何变化。

许知远 这件事还挺困扰你的。

贾樟柯 情绪上会有点困扰，不是这些具体的观点会困扰我，是这些观点所呈现出来的中国社会大众思维模式改变的缓慢和思维模式的固化，对创作者来说，这是一件很悲观的事情。创作者要面对一个现实，就是最终这些作品是怎样有效作用于大众的，因为创作者都要思考个人和大众的关系。你的倾诉对象是大众，那么大众现在的状态是怎样的，它可能会提供一个新的讲述故事、拍电影的灵感，来和大众社会交流、互动。但同时，你必须调整自己的工作，甚至可能触发我强烈地想拍一些电影。比如《山河故人》完了之后，我真的想拍一个晚清的片子，因为在清朝涉及的很多问题，其实是中国社会最开始转型时所遗留下来的，这些基因在今天还在发生作用。比如义和团运动，它怎么影响我们，今天我们仍然没有解决好作为独立的民族、个人平等地不带负担地融入世界。因为我们不可能只面对中国人，就算你做一只手表，都要跟瑞士竞争，做一瓶酒也要去参加酒的博览会，这些东西我觉得从晚清以来都没有解决好。

许知远 我最近在研究梁启超，他代表了整个 19 世纪末 20 世纪前叶的那种转型，所有的困难、困境都出现了，都没有被好好消化，甚至我们现在还没有他们那时候看得远。

贾樟柯 现在的问题就是，不允许你有一个契机去消化，因为消化必然是在思想领域、公共领域展开多角度的畅快的交流。我觉得我这几年有一个改变，比如说我拍《站台》，从 1979 年拍到 1989 年，它背后是政治对普通人带来的影响，基本上是通过流行音乐、流行文化的角度来曲折地、心照不宣地讲这段故事。但最近这几年，我不想这样去做了，因为我觉得中国电影呈现中国社会的现实和历史的时候，最缺的不是隐晦，而是坦率。如果隐晦长了，打哑谜惯了，文化会有问题。

所以这一两年，从《天注定》开始，我告诉自己就是要直接、坦率。这个片子拍完之后遇到什么命运就让它去经历，作为一个创作者，不要去搞含沙射影、隔靴搔痒。

许知远　这个转变是怎么发生的？

贾樟柯　其实最主要的转变是发生在构思《天注定》的时候。在写剧本的时候，涉及对暴力事件的描述，我对那些暴力事件发生过程中的细节有充分的想象，但如何处理这些暴力场面变得特别关键，这和公众对暴力性电影的理解有关。通常人们理解、讨论暴力问题，是去回避、虚化，而不是去描述那些暴力过程，那个时候我变得非常犹豫，落笔的时候用了一种更为安全的方法，不要去触犯观众在这方面的习惯。

但后来我决定，就大大方方去拍，因为我觉得你在讨论一个暴力问题，却不让人看到暴力的细节、暴力的伤害性，那怎么讨论。电影的工作就在于描述，而不是去讲一个空的故事，它最可贵的是让你知道暴力的过程，让你在观赏之后知道它的破坏性有多大。从那以后，我就在想过去创作中甚至整个中国文化里面这种含蓄是不是适用于所有题材，"猜哑谜"的形式忽略了或者说没有关注到整个叙事过程中情感的代入，而是把它变成一个智力游戏。

有一次我看到一个学者的文章，他说《世界》里有一个镜头是女主角拿一个袋子，他就一直研究那个服装的品牌，我为什么要用那个品牌。我觉得这个就有点偏了，这不是一个哑谜，当时道具部门就准备这么一个袋子，我觉得没什么问题就用，这个品牌和《世界》这部电影构不成任何含义和引申的隐喻。

我心里面也有摇摆

许知远 这几年是怎么构思《在清朝》这个片子？

贾樟柯 一开始当然是看那些流行的、通俗的关于晚清的著作，后来我发现一个非常重要的宝库就是地方志。地方志其实是海量的，都是一些地方学者、历史学家、历史爱好者写的文章，我读得非常过瘾，因为它填补了很多关于那个年代生活细节的描述、考据、通信、资料。我看到过一张照片，在《晋中地方志》里，曾经有过一支武术队，背景是标准的梯田，前面一溜儿精壮的汉子出拳，那张照片非常好看，虽然它不属于晚清，但那种现实的魔幻性、超现实性带给我很多扩散性思维。六年前，我只是对历史有懵懵懂懂的兴趣，特别对废除科举这个历史阶段给知识分子的命运带来的冲击怀有很深的兴趣。但这几年，我觉得更清晰的是，今天的社会氛围、公众意识跟这个故事之间的关系。

许知远 这里面有没有你想不明白的地方吗？

贾樟柯 有很多悖论。比如说，清朝有一个县官，其实也是刚刚科举中榜的一个人，很多废科举后没有出路的人都落草为寇了，但他挺理想主义的，真的想剿匪，但他发现匪不能全剿，因为他的财政经费都靠剿匪的拨款。在这个过程中，他的内心一会儿倒向同病相怜的举人，一会儿倒向心中的正义。我心里面也有这样一个摇摆，我想把这种摇摆放进去，不摇摆反而怪。

许知远　电影业的膨胀，对你的影响大吗？

贾樟柯　对我本人影响并不大，因为我这十几年一直在一个固定的循环里面，保持一种良性循环，市场再大，对我这个循环都没有太大影响。但另一方面，我觉得这个产业的确处于这样一种衰亡之中，哦，不是这个产业，应该是指我喜欢电影时候的那种电影。电影业还在，工业还在，它还会红火下去，但其实我们喜欢的那种电影在没落。观众年龄的低龄化，包括银幕世界的低龄化、扁平化，不是创作者在主导，而是消费者主导，有利就趋利，所以创作者都跑向那边去了。这是一个全球性的问题，像美国很多好的导演都在给 HBO 拍戏，因为电视台的观众年龄相对高，HBO 的电视剧还有一些喜欢过去的电影的观众。

有时我跟同事开玩笑，这和京剧没落一样，梅兰芳都挡不住，贾樟柯也挡不住，它最终是个人的命运。当然，我喜欢的这种电影还会继续拍，但它在终端的存在已经没有了，这是现实。

许知远　那对你个人来说，你回应的方法是什么？接受这个命运还是其他？

贾樟柯　我自己觉得是应该留住固定的观影层，这个应该从终端上着手，就是说，从中国角度来说，没有固定的、有品牌效应的艺术电影院，固定的人群聚集不起来，所以变成恶性循环。

在欧洲情况会好一些，欧洲的产业政策，包括有很多电影院都是艺术电影院，他们不是靠理想经营，而是真的能收到钱，因为长期有人群聚集。比如我去巴黎，就去蓬皮杜艺术中心旁边有家小的艺术影院，我每次去出差，晚上肯定就去那里看，因为肯定是放我喜欢的那种电影。几十年不变，而且在法国、德国都有充足片源，让它在 365 天都能放那种类型的影片。

许知远 原来你不是想建艺术影院吗？

贾樟柯 我现在还想建。中国不允许私人公司进口电影，进口电影有配额，权力都在播映公司那里，配额批进来都是同一种电影，好莱坞电影。艺术电影院没有法国电影、日本电影、韩国电影或者美国独立电影的支撑，中国哪有那么多好的艺术电影啊，一年五十二个星期，肯定是不够的。

许知远 现在三十岁左右的年轻导演还愿意延续艺术电影的传统吗？

贾樟柯 有一部分，但大部分是不屑于这个传统的，大部分人认为你是有些落伍的，跟不上时代变化。这是意志力不够，也跟媒体系统有关系。

我们刚开始拍独立片的时候，哪有钱收啊，但是你的工作可以通过媒体系统介绍出去。我记得那个时候我刚拍完，就给大学里的朋友看一看，最起码整个新闻界、文化界还是对这样的创作抱有一种支持的态度。但今天，媒体系统真变了，钱花不到就没人给你写。媒体要是需要你，他会说他们是一个特别好的媒体，我们有多少读者，我们怎么严肃怎么有水平，但拒绝你的时候，他们会说对不起，我们也是一个公司，也是经营者，真的不好意思。

对于更年轻的艺术电影导演，他们的作品出现以后，媒体都抱着一种公司的面孔对待他们，对不起，你没有读者，没有点评量，我介绍你能有几个人看，我们不费力气写你，所以更年轻的导演面临的境况是非常孤独的。我的幸运在于，起步的阶段不孤单，有来自各个领域的支持，再加上那个时候 BBS 刚刚兴起，每天上网都能看到大量关于《小武》、《站台》的评论，很长，那时候人很爱写，可不止是一百四十个字，一篇文章就出来了，喜欢和不喜欢的人都写。

年轻导演没有这个环境，所以他们的孤独感应该比我们那个时候强，随之而来的意志力就是个问题。

许知远　那段时间挺迷人的，对高级文化有向往。

贾樟柯　而且那时候也能原谅很多东西，比如那时候独立电影的技术很粗糙，甚至有时候就用录像带转来转去，都能够被忽略，能够认识到这是一个新的东西，它有可能性。今天就变成是，一开花就必须有硕果，没有人有远见能关注到萌芽。

许知远　审美性的堕落。

贾樟柯　简单化的堕落。

我们能看到的艺术电影太少了

许知远　现在想放松，想回到熟悉的朋友关系里去，有什么新的期待吗？

贾樟柯　从我个人创作来说，我能预见到我在未来不会遭遇到太多困难，特别是从钱的角度。但是，我想把我一直想做的几件事做起来，比如艺术电影院，先在北京上海做两家，慢慢做起来。

许知远　创作本身呢？

贾樟柯　最近最想拍的是历史题材，这个晚清的故事完了还有一个 1949 年的故事，这两个题材的确是想拍，因为都和我今天的思想状态密切相关。

许知远　创作本身或者思考上，有什么困境吗？

贾樟柯　思考上的困境已经过去了，因为都是筹备了六七年的计划，资料收集、反反复复的创作、核心内容的确定，这个过程已经过去了。如果说大的困境的话，历史题材本身的投资规模一定要大，因为要复原那个现实，现有的市场里面有一些办法进行有效的回收，但就涉及怎么和大众社会打交道的问题，比如可以拍巨幕、拍 IMAX、拍 3D，这些硬性条件都好解决，但更深层次的结合，打动观众的东西，还是要详细一些。

许知远　这二十年你跟国际电影业的交流特别多，你觉得从整个世界来讲，这个行业的变化是什么？

贾樟柯　大的潮流还是观众低龄化。电影一直是吸引年轻观众，年轻观众在全世界都是主体。他们新的娱乐方法、生活方式对精神世界造成的改变，导致了他们对银幕世界新的期待。比如说他打游戏、看卡通、在网上跟人互动长大，他们的精神世界里面的视觉形象和我们真的不一样。比如现在的小女孩说话都像樱桃小丸子的配音，但我们看到的是穷山恶水，我看到山西的山就兴奋，觉得真美，他们看到玩偶、公仔就兴奋，这是他们的成长带给他们的视觉、精神世界。

这个世界直接决定了主体的电影工业的改变，为了适应他们去转变，这是全球性的。

许知远　我们是阅读相对古典的文化成长起来的，形成了我们的一种创造模式。他们的公仔也好、卡通也好，也会产生一种对应的创造模式，会从什么方面表现出来？

贾樟柯　从良性来想，他们所创造的文化一定是互动性非常强的，他们未来创造的某种艺术类型，会着重互动感，和我们单方面阅读、观看、接受信息、自己去消化和成长的模式不一样。这很难说是好是坏，那是他们的世界，但我觉得这也要看个人的成长，因为我觉得总体上人的生活模式没有太大改变，也就是说，过了看电影的年龄，比如到了二十五岁，他得恋爱、生孩子、结婚、要有房子，他的父母也会老，他要出差，要接触社会现实，到三十多岁，他们还会是过去那样的精神空间吗？

我真的没有这个经验，我觉得他们也会改变。这就回到我说的我们要维护好一个固定的群体，比如今天喜欢这种电影的人可能四十多岁，他们会老，那到了十年后，我们应该让那时的四十多岁的人还有机会看那样的电影。一代一代的年轻人肯定在变，但他们也会变成中年人，也会变成一些有生命经验的人，所以不能失去这个场所。

许知远　你接触电影这二十年的时间，中国在世界上也呈现出戏剧化的变化。你怎么看待中国崛起带来的变化？

贾樟柯 我最初感受到的就是年轻一代民族主义情绪的高涨，这里面最主要的一个问题还是灵魂独立，大部分这样的孩子，他们的思维模式还是国家的思维模式，忽略了人本的东西。当经济总量让他们激动、沸腾的时候，他们完全无视别的。

比如贵州有三个五六岁的小朋友自杀，家里头父亲打工，妈妈跟人跑了，家里老人养不起，他们对这样的事情完全无视。因为他不是个人主义者，是国家主义者。我在多伦多跟人吵过一架，因为在放《天注定》的时候就有中国留学生站起来直接批驳，我们的国家是存在这些问题，但是你为什么只拍穷乡僻壤，离了煤矿你会死啊？这个就是挺悲哀的事情，最基本的个人主义没有受到重视。

许知远 四十五岁就得了终身成就奖，这么多的认可在这么年轻的时候都完成了，这对你的影响是什么？

贾樟柯 对我来说，这应该变得更自由。所谓更自由就是说既然已经有那么多的肯定、鼓励，自我认定的阶段已经过去了，应该进入到一个更自由的阶段。这种自由可能是从生存环境、生存体验发展过来的。

除了保护自己的真实生存体验不要在银幕上打折扣，我所谓的自由涉及的不仅是生存体验，可能会有更多幻想的、历史性的、超越个人经验的工作吧。

许知远 现在中国纪录片的发展看上去是越来越乐观，越来越被人关注，真的是这样吗？

贾樟柯 中国纪录片，我觉得一点都不乐观。任何作品都是这样，哪怕观众再少，一定得进入有效的流通渠道里面，中国纪录片现在最大的问题是没有机会进入流通渠道。网络当然可以放，但在海量信息里得不到推荐，被观看的很少。当然，有些导演觉得流通渠道无所谓，但是观影人数一统计就会很悲观，比如全国有十场放映，一场两百人，十场两千人，两千人是什么概念呢，就是在上海影城最大的厅放了两场而已。

应该建立起一个好的终端渠道，包括电视渠道，但电视上大部分都是电视台自产自销的纪录片，其他纪录片也进不去，所以终端还是一个很大的问题。没有终端渠道把钱反哺到创作中，创作条件得不到改善，创作质量得不到提高，于是变成一个恶性循环。我觉得不要相信网络，很多人说，你上网啊，一下子多少人就看到了，不是这样的。网络社会更是，得有钱去推广，点击率才更高。

许知远　社会的这种加速，对你带来困扰或者激发吗？

贾樟柯　速度对我没什么影响，我倒是对中文词汇粗鄙化的速度很触目惊心，怎么成这样了！如果我们提出来说那些词语太粗鄙了，那些年轻人会说你丫装逼。电影界出过一个事情，一个电影的广告词叫一群二逼在通往牛逼的道路上如何如何，结果被另一部电影用了，两个还吵架，说盗了创意。

对于一个爱中文的人来说，难道没别的词了吗？这是全面的粗鄙化。我有一个助手是台湾小朋友，她在北京就没离开过这一片，有次跟我出差去一个老庙，我跟她说那树那建筑多好，你怎么还看手机？我要一说，年轻人就会骂你。语言的退步也是，这么好的语言被变成这么一个样子，普遍的写作能力下降。好多人跟我说，没想到你文章写得挺好，我说我那个年代写得比我好的多得是。

许知远　中国年轻一代的导演所关注的题材内容是怎么样的趋势？

贾樟柯　商业趋势很明确，年轻人的审美习惯高度统一、物质化。艺术电影谈不上趋势，因为太少了，能被我们看到的太少了。

原载《单读》App（2016 年 1 月 7 日）

営生

2016

〈故事梗概〉

中国山西，煤矿萧条。几个失业矿工在县城里到处游走，寻找
工作。最终，开始了他们的戏剧人生。

〈导演的话〉

"营生"在我家乡的方言中，指人赖以生存的职业，我一直喜欢
这个词，因为有"经营"、"劳作"、"活下去"的意义。这个词莫名
又有一种人生负累的喜剧感，喜欢这种味道。

108 次短打

我们是在午夜时分抵达酒吧的。

从北京海淀到达朝阳，东、西穿越城市，这是我每天上下班必经的路线。刚拍电影那几年，我的家就是办公室：睁开眼就是工作，累了闭上眼就可以睡觉。生活跟工作混在一起，容易让人懈怠。我的第一家公司西河星汇成立时，我决定把办公室设置在家的反方向。我需要四十分钟的路程，让自己有时间转换频道。

那天已经是盛夏时节。这个季节的夜晚比冬季显得喧闹，但我到达家附近时，喧闹已经隐退，酒吧就要打烊。我和同行的朋友决定喝一杯再回家，我们把车停在路边，沿台阶而上。路边是酒吧的户外桌椅，只有一桌人还在那里饮酒闲谈。我们坐在他们旁边，静静地喝酒抽烟。一天难得这样的惬意，夜幕包裹着我们，黑暗深处有无尽的想象。

突然，我被邻桌越来越高的声音打扰。三个跟我年龄相仿的北京男人，正在用标准的京腔抱怨服务员对他们的怠慢。二十岁出头的女服务员显然初来乍到，低着头一直站在桌边。或许是服务员的沉默激怒了三人，他们的语言变得更加粗糙起来。先是常用词"丫"频繁出现，其后更加不堪的语言从他们嘴里倾泻而出。小姑娘开始无力地辩解、真诚地道歉，但三人还是不依不饶。

生活中难免有这样的摩擦，对我这样常年在外、四海为家的人来说，这种事已经司空见惯，只是心里对服务员有些同情。接着，一个男人高声说道："你个外地人，从哪里来，滚回哪里去！"我在心里暗骂："你滚回宫里去吧。"

我明白了他们嚣张的来处，无非是女服务员的口音让他们充满了地主的蛮横。"包容、厚德"不是北京精神吗？北京人很优秀，但的确也有少数需要进一步学习践行的人。我心里不快但并未发作，只是觉得服务员有些笨，她不懂得离开，一直站在那里接受无端的凌辱。

我不能挑起事端，但也不想让这尴尬的局面延续，便小心地对服务员说："姑娘，你回屋里去吧。"这句话一出，邻座三个男人的目光立即交汇在我的身上，三束目光，聚拢成一束舞台的追光，照在另一个外地人身上——我也是有口音的人，他们瞬间辨识出我，另一个讨厌的外地人的存在。其中一个穿着白衬衫的瘦高个儿男人向我冲来，咆哮道："你丫为她出头，信不信我打死你。"

挑战就在眼前。

如果是在中学的时候，我一定已经挥拳而上。但毕竟过了青春期很久，已经不是伸拳挽胳膊的年龄了。我试图以冷静压抑他的狂躁。我说："咱们有话好好说。"三个男人见我示弱，更加嚣张起来。我感觉到我的脸颊已经沾上了他们的唾沫星，他们的手指也几乎触及了我的鼻梁。我不生气，咱的鼻子的确是有点高。算了，不怪他们。我又压住火气说："我们这个年纪的人，打架不好看。"

嚣张的人读不懂别人的礼让，瘦高个儿伸手抓住了我的领口。距离上一次我被别人抓住领口，已经二十多年过去了。我突然问自己：你还会打架吗？你还能应付群殴的局面吗？那一瞬间，我充满了打架的渴望，犹如退役多年的拳手渴望重新返场。内心深处那些与人身体接触的经验，瞬间回到了我的身体里。

初中的时候，妈妈买了一只新手表，便把她戴了多年的上海牌女表给了我。虽然那只女表与我从性别到性格都格格不入，但在物质匮乏的时代，那只表是我身上最值钱的东西。每次打架，我都留给自己一个仪式：认真地摘掉手表，揣到兜里。四十五岁的我犹如回到初中，回到 80 年代的街头。我说："好，那你就来打我。"

他拉开距离，准备寻找最好的攻击姿势，而我获得时间，静静地摘下手表，装进裤兜儿。我的眼睛盯着他的拳头，他的白衬衫带来一道白光，就在那道白光击到我的瞬间，我微微一侧身躲闪，没想到那团白色轰然倒地，一头栽进了花池里。

等他站起来的时候，白衬衫上除了泥土，还有鲜血。我对倒在地上的他说："你看你把自己弄成了这个样子，赶紧去医院吧。"咱是守法公民，绝不出手，但可以躲闪。白衬衫不是不堪一击，而是不堪一闪。他的同伴开始打电话报警，四周又陷入沉默。等待警察到来的时候我心生喜悦，原来"我能"！这短短的一打，让我对自己的身体充满了自信。原来我还可以像中学的时候那样灵敏，我还可以面对这突如其来的危险局面。

这种感受那么地接近拍短片的体验。这些年，我在拍摄长片之余还保留了拍摄短片的习惯。十几个人，四五天的时间，拍一部三分钟或五分钟的短片，那样灵活而自由。短片时长的限制，恰恰能瞬间激发出导演对电影媒介的想象。如何在几分钟的时间里叙述一个故事，如何把即刻出现的感受迅速转化为影像，如何在小小的篇幅里展现漫长的时间和辽阔的空间，它检测着我们的电影素养，犹如街头的一场殴斗，检测着我们的身体素质。每当我想拍短片的时候，我都会跟同事说："走，我们去做一次短打。"长片犹如延绵的长拳，而短片则更有爆发力。灵感到来的那一刹那，犹如火箭腾空的触点。

短片是电影最初的形态，电影史本身就开端于短片，九十分钟的长片则是电影商业化后的产物。今年我加入以上传媒后，第一时间发起的新媒体影像产品"柯首映"，就是"电影短片"和"电影首映"形式在新媒体端口的一次相遇。

在国内，电影短片一直只是艺术院校学生进行学习实践的渠道，或者被年轻导演当做自己拍摄长片的跳板，并没有被看作一个独立表达的载体。近几年，情况有所改变，大量的年轻人开始用短片来表达自我。诸多先行的视频网站在短片播映方面也做得非常优秀，也给很多短片提供了必要的出口。但我想，在以微信公众号为基础的新媒体到来之时，我们还可以为短片做更加细致的服务工作。某种程度上，如果没有优秀的编辑团队，为观众挑选、把关、推介，过度的信息会给我们造成信息迷雾，观众实际上处于一种无从选择的境遇。我们希望"柯首映"能够在海量的短片世界里，通过精心的挑选和严密的编辑，令这些影片在浩瀚的信息中脱颖而出。

"柯首映"是一个全球电影短片的中国内地首映平台。我们希望通过"柯首映"，让观众更容易地寻找到来自全球的、最新的、最具创意的短片，以观看短片的方法来丰富自己的观影生活。"柯首映"有面对全球各地的三个选片团队，他们拥有共同的选片原则：首先希望影片的艺术创意突出，其次注重导演的情感传达。至于短片类型，则是自由、宽泛的，只要短片能够呈现出足够的创意和感染力，它可以是剧情片、纪录片，可以是实验电影、动画片……

入选"柯首映"的电影短片将通过微信公众号进行推送，也会采取其他网络形式抵达观众。我们每周推送两部短片，每三天为一个推送单元——第一天为"预告日"，第二天是"首映日"，第三天则是"评论日"。这一设置借鉴了电影节的"首映"形式，因此，"柯首映"不仅是一个短片首映平台，更类似一个拥有聚光灯效应的"网络电影节"。

我们希望用"首映"这样一个仪式化的方法，使每周都能有两个属于电影短片的节日。只要关注"柯首映",公众就会发现一个神奇的、具有创意和感染力的影像世界,增添一种看电影的方法与乐趣。对中国内地短片导演来说,"柯首映"将与暖流文化合作,期待投资制作大家新的作品。

那天街头的纷争能不能拍成一部短片呢?

派出所里,警察处理事件的方法完全是《公民凯恩》或《罗生门》的结构:服务员、白衬衫、我和同伴分开录口供,警察则像导演,掌握着不同角度的叙述。但这个小小的冲突太容易解决了,刚跟警察聊了几句,那边的白衬衫便决定求和,接受调解。

回家路上,自己似乎又成了一个十几岁的少年。这犹如拍摄短片的感受,只要你在拍短片,你在电影的世界中就永远是一个少年。"柯首映"今年夏天即将上线,一年54个星期,播映108部短片。

那是108颗少年的心,108次短打,击向这个沉闷的、喋喋不休的世界。

原载"柯首映"(2016年5月7日)

阿里巴巴吃苹果

小学三年级的时候，班主任交给我一项任务，让我每天早上去教室生炉子。

这不是一项委以重任的工作，而是一份惩罚。年代久远，我已经无法回忆到底是因为上课时做小动作，还是因为某一次打架。有次语文老师在课堂上说我长得像猴子，我不依不饶一直跟着她骂：你才像猴子呢。从课堂跟到教研室，从教研室跟到她家。那是 80 年代初，我们这些小孩子也继承了社会上的造反精神。或许一出生我们就在社会上，父母把我们散养在大街上，我们胆量超强、自尊心敏感。

每年 11 月，山西进入漫长的冬季。晨读是早六点，我每天一早五点半前要到学校，在同学们到来之前生好火。教室前部、后部分别有两个大铁炉。我要去找柴，取煤，揉一团《山西日报》燃起火（有时候是《人民日报》）。考验我的并不是生火技术，对在山西长大的孩子来说，这是从小必须练就的基本技能。让我畏惧的是冬天五点多的黑暗，还有县城的寂静。从我家辘轳把街出来，要穿过漫长的三隍庙街，经过黑漆漆的天主堂，才能到达零星有几盏路灯的县城主街。

到底是孩子，还是有怕的东西。

每天早上，起床穿好衣服站在院子里准备出门的时候，脑子里闪过的都是各种鬼怪故事。我攥紧拳头，迈步进入黑暗。视觉听觉处在高度的紧张之中：我做好了随时邂逅无头女鬼的打算，也有突然要和吊死鬼搏斗的心理预案。我的形意拳师傅告诉我：黑暗中走路如果有人在后面喊你，不应声，更不猛回头。头上朗月是明灯一盏，左右肩上也各有一盏护法神灯。如果慌张回头，小心肩上神灯跌落。

走到县城主街才会稍微放松一下，我开始对县城清晨的秩序着迷：你会看见一男一女在路边等长途汽车，他们搭上开往太原的最早一班车，就会知道他们快要结婚了，这一定是去省城买东西；也能看到监狱里的公安部队，军人们一大早荷枪实弹在县城的街道上拉练；也能看到下夜班的工人，他们从西门的大坡上骑自行车下来，风驰电掣地投入到他们的床铺。他们与我擦身而过，没有人留意他们的出现帮助了一个恐惧的孩子。我注视着他们，站在太阳升起之前的马路边，站在我的城池里，他们成为我的世界，我的主人公。

　　我上的实验小学解放前是狄公庙。狄青是山西汾阳人，所以县城会有这样一座老庙。高年级同学常绘声绘色地给我们讲：有人，有一天早上在体育器材室看到了三个穿白衣的鬼在半空中飘动。也有人会给我们讲，有人，有一天晚上在教工灶上，看到了穿着古代衣服的一家人。当我推开学校厚厚的大门，也就是厚厚的庙门进入到校园里的时候，又恢复到了紧张的状态。学校一片黑暗，我找钥匙打开教室的门，然后点着蜡烛。当蜡烛的灯光燃起的时候，迅速用目光搜索教室的每个角落，发现安全无恙才慢慢放心下来。

　　我去煤堆取煤，回到教室开始生火。当两个炉膛里跳跃起红色的火焰，我要把所有的窗户打开，拿一个作业本把弥散在教室里的烟扇出去。离同学到来还有一段时间，我会拿起粉笔，在教室后面的黑板上漫无目的地画些图案。这块黑板记录了我的心情。我会在第一个同学到来之时把这些图案从黑板上擦去。但，那一片深邃的黑暗，连同冬天刺骨的寒冷；屋檐下的冰凌，连同手上裂开的口子；天边出现的第一抹亮光，连同嘴角突然尝到一口咸味，才发现自己已经流下眼泪的瞬间：没有人可以从我的心头抹去。

　　上初中的时候，班里出黑板报的工作正式落在了我的头上。从设计版式、报头到编辑内容，都是我一个人包办。找报纸杂志抄写一篇散文，一首诗，再写一些时事新闻，内容很容易填充满整个黑板。但用今天的话讲，叫流量很差。同学们不太在意我写的这些东西。班主任跟我谈，让我出一些能够吸引同学的内容。想来想去，我准备增加智力测验的内容，有谜面就有谜底，这样增加与读者的互动，不愁他们不看黑板报。

80 年代非常流行智力测验，匮乏人才的国度急需寻找一些天才。记得小学的时候有一天上课，突然从外面进来一群成年人。我的心跳了一下，以为又是来打预防针的。我从小怕打针，一看这个阵仗肌肉已经紧张起来。但进来的人是县教育局和体委的，他们来寻找神童。办法是在纸上写一个字放进信封，让我们每个同学用耳朵听，然后猜里边写的是什么字。据说在外省，发现了好多可以用耳测字的灵异少年。测试下来，我们整个班都没有这样的人才。但突如其来的造访让我们四十五分钟的课程缩短了很多，在枯燥的课堂上，这像是一个节日。

出谜语和智力测验题，一直是我在黑板报、这一旧媒体时代最常使用的互动手段。到了高中，因为我们的中学是省重点，所以国家给每个学生每个月有一块钱的班费。班主任说，不如每天在黑板上出一个谜语，让同学猜一猜，这样可以拿班费给猜出来的同学买奖品。

有一天又出黑板报，我发现自己毫无准备，忘了找一个现成的谜语。那时有一首歌《阿里巴巴》风靡全国已经很多年了，我突然恶作剧起来，出了一个根本没有谜底的谜语叫"阿里巴巴吃苹果"，写完想了想，又写下：打一成语。同学们围拢在黑板前，皱着眉头互相探讨着"阿里巴巴吃苹果"到底是什么意思。要好的同学把我拉到墙角，让我透露谜底是什么。我笑而不答，也无从可讲。这道谜语成为一道悬案，伴随了同学们的高中生活。

大四那年，我买了第一台手机，是摩托罗拉。随后，手机那样深刻地介入到我们的生活中，未曾始料。随着苹果的普及，我的很多同学也成为"苹果教"的信徒，在聚会的时候会谈起苹果谈起乔布斯。高中的时候，英语课里有一篇讲电脑的课文我们是当科幻小说看的，讲人类未来会通过互联网彼此沟通，甚至可以电脑购物。没想到现在，网络购物已经成为非常主流的消费方式。很多人成为阿里巴巴、淘宝的用户。

前几年同学聚会，有人突然想起了我出过的谜语。他说：阿里巴巴吃苹果，你难道觉得马云的阿里巴巴动了吃掉苹果的心？原来你一早就预见到了。他们又开始追问我谜底究竟是什么，我还是笑而不语。大家其实早已知道这只是个恶作剧，但荒诞的是，时代会为这个不值一提的玩笑，提供一个严肃的答案。

我还是会想起小时候的恐惧，虽然现在每一部手机上都已经有了强光手电。初中的时候和父亲提起小学时的经历，父亲问我：你是怕人还是怕鬼？我说：我打过很多架，见过很多坏人，所以我不怕人，怕鬼。父亲笑笑，第二天给我买了一套《聊斋志异》。看完后，我不怕鬼了。

我没见过鬼，坏人这些年倒是日新月异了。这当然超出了一个孩子的见识。面对人，我们都还幼稚。

原载"柯首映"（2016 年 6 月 1 日）

戛纳：我们为什么会来？

　　人们常说有两个戛纳电影节，一个在红毯上，一个是在房间里。

　　一大早，我去卡尔顿酒店找英国制片人杰瑞米·托马斯开会。在忙碌的戛纳电影节，早餐时间是最佳的见面时段。只有刚进入行业的公司会在海滩搞派对。大部分事情是在房间里聊天时敲定的：一部两年后推出的电影，或者一次震动业内的并购，又或者一个导演致以另一个导演敬意。

　　敲开门，杰瑞米似乎刚刚起床，他睡眼惺忪地卷着香烟。我问他今年戛纳电影节怎么样，他说："你知道，没有电影参赛参展，来这边会非常空虚。"我跟杰瑞米·托马斯是在 2013 年的戛纳电影节认识的，那一年，作为贝托鲁奇导演长期的合作者、《末代皇帝》的制作人，他陪贝托鲁奇来到戛纳。我们在电影宫旁边的一顶帐篷里见面，他手里拿着餐盘，一边跟轮椅上的贝托鲁奇聊天，一边吃着东西，他吊儿郎当完全是美国做派。认识他后才知道他是地道的英国人。他说你知道吗？你的电影只有一个叫《无用》的我们没有看过。我不太喜欢和别人讨论自己的电影，不知为什么，这样会让我害羞。我们如此相识，并决定一起合作《双雄会》。

杰瑞米·托马斯除了跟贝托鲁奇合作之外，为人所知的是他跟大岛渚导演的友谊。他制作了包括《圣诞快乐，劳伦斯先生》到《御法度》在内的大岛渚作品。大岛渚去世之后，杰瑞米·托马斯的制作也暂时离开了亚洲。我们相识之后决定一起做《双雄会》，故事发生在香港，是一个关于 1949 年的间谍片。杰瑞米·托马斯听到这个计划非常兴奋，他说：1949 年的香港故事，中国、英国联合拍摄是最合适的制作组合。他突然忧伤起来，"大岛渚去世之后，我觉得没有什么理由返回亚洲，我一直在欧美游荡，但我一直觉得我的前世是一个亚洲人。"2014 年，我跟他一起在夏纳经典回顾单元介绍了大岛渚导演的《青春残酷物语》，从影院出来他望着我，算是叮嘱，也算是表白说："保持联系，我们一定要合作。"

现在又过了一年，他返回亚洲的心情似乎更加迫切起来，在卡尔顿的房间里一直追问我什么时候能交给他剧本，要不要先汇些钱到我的公司。我们谈故事、预算、制作周期，之后便是沉默。杰瑞米突然从桌上拿起一把 zippo 打火机，他说："你看看上面写的什么？"我接过来打火机，上面刻着美国喜剧泰斗杰瑞·刘易斯的一句话："人们憎恨我，因为我是多面的人，一个天才，一个富有的、世界著名的天才。"

我看着打火机上面的字笑了，杰瑞米说："这个火机传承给你吧，当你去做更多事情的时候，就成了一个多面人。我们因为电影拥有一点点财富后，便会面临憎恨。"他的电影生涯一定也伴随着大众的误解，望着窗外的繁花似锦，他喃喃自语道：戛纳！

戛纳在外人看来确实是一个名利场、一个高速运转的造星机器。但对导演来说却是没完没了的工作，采访时重复一百遍的问题和重复一百遍的回答。我们在这里变成人肉复读机，我们到底为什么来到此地？

今年我来戛纳是担任世界电影工厂青年导演工作坊的导师工作。法国外交部对外文化教育局每年从发展中国家挑选十位年轻导演带着他们的第一部或者第二部长片计划来到戛纳，接受培训。出发前我读了这十个剧本，在这十个剧本、十个年轻导演的目光中，这个世界普遍存在着的贫穷仍然让他们忧心忡忡。传统对自我的束缚、自我放逐的内驱力让我印象深刻。布满游艇的戛纳似乎离他们剧本中的世界非常遥远，和他们讨论剧本让我一次次越过繁华，看到这个世界真实的面貌。

课程结束的那一天，来自阿塞拜疆的导演搂着我的肩膀说："你一定要来阿塞拜疆。"我说我去过阿塞拜疆，从亚美尼亚到格鲁吉亚，再从格鲁吉亚到阿塞拜疆。他说："我还以为没有人关注我们的生活！"我说：把电影拍出来，把你看到的世界告诉别人，这就是我们来戛纳的理由。他站在海边，犹如站在高加索地区一望无际的群山上，他的思绪一定回到了他的故乡。远处电影宫灯火通明，某个剧组正在接受戛纳的礼遇，完成影片首映的仪式。

　　戛纳最感人的仪式是在卢米埃尔大厅结束放映后，那一束从黑暗中来，打在主创身上的灯光。记得几年前，当时的法国使馆影视专员毕东对我说："对制片人来说，为了戛纳电影节首映后那一束洒在主创身上的灯光，我可以去死。"他是越南导演陈英雄的制片人，他说："那是对电影工作者的注目和尊敬。"就像是黑暗中的长跑者，创作过程孤独而漫长。所以在创办"柯首映"的时候，我想到了那句 slogan，"一束目光照亮电影天才"。在移动互联网的世界，我们每一个人关注的目光，就可以像是那束闪耀在卢米埃尔大厅的灯光，去鼓励每一个参与其中的创作者。两年前我担任戛纳电影节的评委，在评审会议上我说：我不是评论家，我不愿意评论这些电影的缺点，我更愿意比较这些电影的优点。

　　我们为什么要来戛纳呢？在这个电影为上的地方，借一位法国作家所言：我愿意在一个尊敬电影的地方失败，也不想在其他任何地方成功。

　　　　　　　　　　　　原载"柯首映"（2016 年 5 月 23 日）

高考之后，放虎归山

我是在填报志愿的时候才意识到高考是件大事。

那天晚上，父亲戴着眼镜，拿过填报志愿的指南，坐在沙发上默默地看了很久。家里很安静，可以听到隔壁邻居家传来的电视广告声。我们父子俩已经很久没有这么长时间的相对了。那时候父亲四十多岁，这是我第一次长时间注视他戴着花镜的样子。不久前，他刚刚发现自己的眼睛花了，而我已经到了高考的年龄。

因为戴着花镜，强壮的父亲露出了一丝老态。他一页一页地翻着院校指南，专注阅读的神情，似乎在决定一件性命攸关的事情。我觉得这对父亲不公平，因为我对自己的学习成绩非常了解，我知道我绝对考不中其中的任何一所学校。此时父亲却这样慎重地考虑，似乎在调动他全部的生活经验和智慧，为他的儿子图谋未来。

我的未来在哪里？我真的没有想过。高中整整三年，我是在写诗、踢足球跟跳霹雳舞中度过的。一个雨后的下午，我无所事事，跟一群同学爬上县教育局的楼顶，在那里发现了一本被雨打湿的朦胧诗选。它跟我之前在《读者文摘》上读到的席慕蓉、汪国真的诗有些不同，我被北岛《我不相信》、舒婷《致橡树》、顾城"黑夜给了我黑色的眼睛"这样的诗深深震撼，这些诗引领我超越青春的甜蜜，苦涩的叛逆让微积分显得繁琐，肆意的想象让立体几何显得扁平。

父亲摘下眼镜，望着我说：学新闻还是国际贸易？我说：班主任说了，学国际贸易将来就是去外贸局卖兔子。父亲犹豫一下，低头拿出一张稿纸，开始预填志愿：南开大学。接下来，一般院校直到中专，每一所学校前面都有"天津"两个字。我问父亲：为什么要把我打发到天津去？父亲说：你爷爷过去在天津行医，解放前我们在天津有医院、有住宅，希望你能考回去。

高考可以说是我父亲的一个心病。他的高考成绩是整个晋中专区的第一名。就在那一年，开始强调出身，父亲因为爷爷的地主成分，没有被录取。当时他报的也是南开大学。和许多家长一样，我们的上一辈因为各种各样的原因，没有办法接受好的教育。在山西风声呼啸的小城里生活，高考是我们唯一的上升通道，是很少的几个能够让我们离开这块土地的契机。

我父亲在中学教语文。很小的时候，有一次他骑自行车载着我在县城里游荡。我闭着眼睛，坐在前面的横梁上仰头冲着阳光。

五彩的光影在眼睛里闪现，我却没注意到父亲心情的低落。他带我爬上秋天的城墙，穿越荒草的脚步犹如引领我进入新大陆，也像带着我走向他尘封的私密世界。

这一天，父亲的心情为我开放：他曾经急躁，但从未哀伤。他曾经轻声叹息，但从未显得软弱。在我们的眼前，城墙外一条丝带般的公路延绵在子夏山中，通往黄河。一辆红色的长途汽车从东向西驶过，然后消失在群山之中。我发现父亲落泪了。那时候太小，不懂得问他为什么，更不懂得安慰他，只是紧紧拉着父亲的手。那时候我也不知道，到了高考的年龄，却再也不曾与父亲牵手。我们亲密，在彼此的对抗中。我们相爱，在无休止的争吵中。我们牵挂，在我摔门离去的瞬间。

困着我们的围墙成为日后我的电影中非常重要的元素，无论是《站台》，还是《天注定》。进城、出城、离开这里、去到远方，是我们很多欲望中的一个。它来自本能，更来自我们对现实的不满与不安。

我参加高考那年刚刚实行标准化考试，选择题比较多。数学考试的时候，我坐在教室里，不到十五分钟就答完了卷子。大部分选择题我都选择了 C：正确答案是 C 的几率比较大，这是我们所有差生的共识。我只有用这样的方法才能保证自己的数学成绩能在十分以上。我是考场里第一个交卷的学生，我也知道我将是第一个落榜的学生。

高考一过，校园里就人迹稀少。无论多少分，还是要去看一看的，好给家里一个交代。分数出来的那一天，我硬着头皮去了学校，看到自己的总成绩是 307 分，似乎离中专还有一点距离。虽然之前对高考毫不介意，但这的确是我人生中的第一次失败。它用一个数字，断绝了你的希望，也用一个数字，把你留在了原来的生活之中。原来的生活不好吗？我不知道。当然对外面的世界，我抱有充沛的想象，那些我从未涉足过的地方，那是生产电视机的地方，那是举办画展的地方，那是印刷诗的地方，那是有可能让我遇到爱情的地方。

人的忧愁只有人能解决。我骑着自行车去了一个同学家，高考对他来说有更重要的意义。他生活在县城边上，属于东关大队，是农村户口。对他来说，高考首先不是去到更远的地方，而是跳出农门。如果他能考中一所大学或者中专，他就可以变成城市户口。

进入他家的院子，绕过拖拉机往里走，台阶上摆着铁锹、锄头那些劳动工具。屋里隐隐约约传来迟志强的歌声"愁啊愁……"推门进去，家里只有他一个人。他坐在一把椅子上，两条腿搭在炕上，砖头录音机里播放着迟志强的《囚歌》："愁啊愁，愁就白了头。"我们俩相对苦笑，这首流传大江南北的囚歌，却如此击中我们的少年心。来一根烟是必须的，我们抽着烟，吞云吐雾。没有忠孝东路，同样可以徘徊在茫然中。

高考就像一把钥匙，打开了动物园的大门。我们这些从七岁就被困在学校里的孩子，第一次没有了上课下课的固定作息。整条街道将属于我们，二十四小时饱满的时间也将属于我们。和同学们结伴回了宿舍，搬走行李和书。同行的一些同学估分都在五百以上，他们恰同学少年，我们却灰头土脸。他们即将远走高飞，我们注定脚踏原地。我们一起走到当时县城的最高点——西门口，停下来看远处如织的人流和交错的街道，一个同学突然感慨道："像我们这样的都市青年……"我这个乡下人被他的话吓得把书扔了出去，脚下的土地远称不上都市，我的同学已经把自己归到另一个人群。高考给人带来上升通道，也毫不掩饰地把人的命运分化。像我这样的小镇青年，该怎么办？我竟然开始思考这样宏大的问题，那一夜我久久难眠。

一觉醒来，正好是上早自习的时间，我知道，我再也不必上早自习了。我走投无路，能投奔的只有县城的街道。至此，街道成为我的归宿。

我去了天主堂，找到一个初中就辍学的同学。虽然同在县城，但很久没有见面。他在教堂里扫地，同时兼做电影院的清洁工。同学看到我来，先跟我传了十分钟道，然后问我：考得怎么样？我没有说话。他大概知道了我的情况。

他突然好奇地问我：现在可以考香港的大学吗？他是一个录像迷，除了扫地之外，就是泡在录像厅看香港电影和电视剧。他开始滔滔不绝地讲起香港。我从来不知道在他的精神世界中，香港占有那样大的一个比重。说到兴奋处，他把我拉进一个房间，拿起纸笔，现场画起了香港的地图：这是九龙，这里是旺角，这里是油麻地，这里是尖沙咀，看，这就是尖东。他把油尖旺写出来之后，用红笔画了一个大大的圆圈，然后用普通话说：油尖旺有我们很多兄弟！我说：我一出东亚银行的门，就有六支手枪对着我。他说：总有一个人出卖了我们。沉默，让我们在彼此的视线中陌生了一下。

多年之后，我第一次去香港，几乎是按着他给我灌输的香港概念在行走，我发现，他的每一个标注都准确无误。那年落榜的夏天，我却重新认识了一个人，他手握着扫帚，心里却装着香港。那是他的远方。或许在他的信仰中，神在的地方才称得上远方。这个夏天，我第一次发现我是一个没有信仰的人，这是我的收获。一个人犹如一个课本，我却从未打开过这些书。

那些日子，我流连在小摊，陪刻图章的朋友一起做生意。这会让我知道谁上班了、要刻一个图章去领工资；也知道谁开了一家新的公司，要刻公章准备开业；甚至我会碰到骗子，刻了图章去冒领别人的汇款。人来人往，连绵不绝的剧情。

我还喜欢去镶牙馆。有一个镶牙馆的医生以前是我爷爷医院里的伙计，这里来来往往很多老人，听他们谈阎锡山、梁化之。我更喜欢去旱冰场。在那里会发现那些比我更年轻的孩子的爱情，再也没有一个地方比旱冰场更能让他们手挽手。我能辨识谁是第一次约会，谁跟谁已经有了亲密的身体接触。我会观察到那些不安的少女心：如果你看到一个女孩手腕上系了一条手绢，你就能确定她是一个同样渴望爱情的孩子。至于为什么，不告。

我低头，成年人般地点燃一支烟，用自以为老练的目光望着那些更年轻的少年。一个少年从我眼前滑过，他手里拿着一罐红色的可乐，可乐让他如此的出类拔萃。握着可乐，如同握着整个世界，因为那时候，可乐还没有出现在汾阳商场的任何一个货架上，它应该来自远方。

临近 9 月，县电视台的点歌节目开始活跃起来。每天，我都能在点歌节目里知道同学们的下落。有的考上了北大，就有亲朋好友为他点播《前门风味大碗茶》，有同学考到了体育学院，就有人为他点播汉城奥运会的主题歌《手拉手》。我每天守着点播节目看，其实在看命运的分岔口。而我自己呢？如果有可能，我想让朋友为我点一首《再向虎山行》：平生勇猛怎会轻就范，如今再上虎山，人皆惊呼，人皆赞叹，人谓满身是胆。

我想：世界就在那里，为什么不自己走过去呢？仰仗着中学时做小生意赚的一点钱，我告别父母，在城外的公路边等候。一辆由太原而来的长途汽车在我身边停下，我上了车，透过车窗望着汾阳城残留的一小段城墙，想象我的父亲站在城墙上，看他的孩子出门远行。这趟从太原开往陕北的长途车，会从柳林的军渡大桥过河。路过每一个村落、每一个集镇，它都会停下来，安排我与不同的面孔相遇。

在这趟班车上，我看到了骗局。有一个傻子，突然打开一罐健力宝，说他中奖了。旁边不明就里的人高价买下这个健力宝罐，成交之后，傻子变成了聪明人，一群人瞬间离车而去。我在这趟车上也看到了一个孕妇，家人搀扶着她赶往县城生产，我不知道新生的婴儿将来是否也会面临高考的难题，但我学会了祝福这个新生命。

车继续往前开，上来一群穿着孝服的人。他们一定是刚刚参加完一个葬礼，一群人沉默抽烟，车上的氛围也因为他们的到来而变得庄重。车缓缓停下，我看到一支迎娶的队伍迎面而来。透过车窗，我辨认新郎和新娘的面孔，看这一对沉浸在幸福中的人。

车向西而行，集中展现给我生活的故事。人世间的欢乐与哀愁，远远比高考 307 分的数字更重要，也比那几本教科书里呈现出来的世界更丰富，这是我们的日常，是我们必将经历的生活。如同老虎奔走在山林，它没读过书，但它有它的世界：每一棵树、每一条小溪、每一块石头，都是它的世界。就如燕子高飞天空，它没有高考成绩，但它可以从南到北，自由俯瞰这个世界。这趟西行的汽车让我心驰神往，让我感觉这个世界的宽大，人的宽厚。这是比高考更重要的事情，此刻，我在逐渐成为我。

在黄河边漫步，我看到一户人家在黄色的厚土上晒着红枣。我饥肠辘辘，装傻充愣地跟大爷说：这是什么？大爷吃惊地望着我：孩子，这是红枣啊！我也假装吃惊地说：啊，这就是红枣！大爷抓了满满两把红枣塞进我的衣兜：凄惶的孩子，没吃过枣，你尝一尝。我揣着这两兜红枣，继续沿黄河行走，我第一次发现枣的甜蜜其实是咸的，因为我品尝到了自己的泪水。自此以后，我不在悲伤的时候流泪，只有快乐跟创作能让我眼圈湿润。

生活改变了我的泪腺。

高考落榜，其实是给了我一把钥匙。我不把高考落榜视为一次失败，而把它视为一次放虎归山。对，没有人为我唱歌。那我就唱给自己：平生勇猛怎会轻就范，如今再上虎山。

又到正午（小说）

　　小 A 坐在我的斜前方，她其实比我高半头，因为怕影响其他同学学习，班主任把我们几个不听话的男生调到了最后一排。这里是班里的一块飞地，我们可以传纸条，看闲书，或者趴着睡觉。铃声响起的时候，我从课桌上爬起来，揉了揉发麻的胳膊，漫不经心地瞟了小 A 一眼。

　　她正低头收拾着课桌上的书，然后直起身子等待老师下课的指令。我注视她的背影已经长达一年：我能捕捉到她肩膀的每一次轻微晃动，这晃动产生的余波会让我心生涟漪。我会随着她的视线望向窗外，阳光下寂静的校园，飞过的群鸟有幸进入她的眼帘。爱慕在我的心中跋山涉水，但在教室里，她和我相隔仅仅两米。这两米是我跨越不了的崇山峻岭，我的心空旷而潮湿，如雨布倾听雨声。我注视逆光中她耳边灿烂的细发，用目光完成一次次爱抚。我低头，躲避自己的爱情。抬起头，又期待一次目光的相遇。

她离开了教室，融入到外面同学们的喧闹之中。我坐在教室里没有出去，我不想成为她的追随者，虽然没有人会知道。是的，我想保持我的骄傲。

小 B，我的哥们儿走过来挤在我的凳子上。他用手拍了拍我的脸：你看你，脸上全是印子。我笑笑，我知道我的脸因为刚才趴在课桌上睡觉，一定留下了书脊、文具盒甚至圆规的痕迹。我揉揉自己的脸，想找一句脏话骂他多管闲事。小 B 有事相求地笑着说：你觉得小 A 咋样？我沉默，以为朋友看破了我的心思。小 B 接着说：我喜欢她，写了封信，想今天中午下学就给她。多年之后我才明白，这一刻我经历了此生的第一次心头重击。长久地沉溺于幻想，就会突然遭遇破灭。我们的心犹如耕种的大地，一遍遍被划伤，又一遍遍在伤口上万物生长。

即将表达爱情的小 B 想向我寻求些精神力量，那个年代中学里的爱情就是：你想往前一步，也可能满盘皆输。因而，会犹豫，要试探。爱情常常在一个人的花园里盛开又荒芜，她不知道，也没有其他人知道。

我应该是鼓励了小 B，中午放学，他抱着书包尾随小 A 走了。那时候中午放学是要回家吃午饭的，我在正午的人流中回家。白花花的阳光下，在我眼里满街都是些没有爱情的人们。否则，为什么骑摩托的人会猛按喇叭？为什么他们不洗干净他们的衬衫？为什么正午的评书里一直在讲勾心斗角的《三国演义》？我是这人群中的一员。此刻，十七岁的我对生活再无所求。

爸爸妈妈在工厂里加班，我回到宿舍区的单元房，一个人在厨房里煮方便面。那时候县城里刚刚用上煤气罐，看蓝色的火苗闪动，不知为什么我想起了小说里开煤气自杀的故事。面煮好，我关了煤气。吃了两口，又返回厨房拧了拧煤气罐。

我吃着饭，有一种直觉，觉得她会来。我的耳朵异常敏感，期待她的出现。我们没有约过，但每天会在上学的路上碰上。我们的目光偶尔也会碰上，她会笑一下，然后恢复严肃。窗外，工厂里铁器碰撞的声音传来，提示我那是成年人栖身的地方。我分不清远处是在举行婚礼还是葬礼，乐班在吹奏着《上海滩》的主题曲。还有晋汾大理石厂的广告声，邻居责骂孩子的声音。有人开了录音机，在听《血染的风采》。

突然，楼下有人叫我的名字。我没有听错，是小 A 的声音。那样理直气壮，好像在叫我下去论理。毫不避讳，正大光明。

我和她站在楼下的空地上，小区里最显眼的所在。她换了白色的衬衫，这让我很奇怪。那时候，没有人会中午换衣服。我开口：找我干什么？小 A：我看你在不在家？我不知道接下来应该说什么，她也是。两个人在正午沉默，让灼人的太阳成为主角。一队送葬的队伍过来，是在送刚被人用刀扎死的县城大哥。走在前面的乐班还在吹奏"浪奔浪流"，我们目送送葬的队伍离去。我叹一口气，她笑了笑，理了一下被汗水浸湿的鬓角，转身走了。我不知道她为什么要来找我，我没有多说一句话，也没有去追她。我站在原地，一个人接受阳光的拥抱。犹如一个雪人，我在正午融化，过去的我片甲不留，现在的我刀枪不入。

后来我离开了汾阳，在深圳工作了二十三年。我很少回家，但每次在超市里看到汾酒的时候，心还是会颤动一下。偶尔回去汾阳，我会在夜里出门，在黑暗中走过我走过的街道。我不想碰到熟人，也不想和正午的阳光正面相遇。在深圳，我习惯了周末去香港闲逛，我活动的半径是东南亚，去那里出差，去那里度假。我不知道自己想忘记什么，我甚至也没有想到要忘记。有一页被翻过去了，那就翻过去吧。

上次回汾阳，是在我们中学校庆的时候。我们班大聚会，我还是回去了。小 B 现在安徽工作，随他回来的人喊他"首长"。小 A 一直在县城里生活，已经是母亲。多年不见，我跟她话反而多了。她一直笑着听，她的沉默还是那样丰富。

那天，不知道为什么，她后来一个人走到餐厅外面。不知道为什么，我跟了出去。正午的阳光下，我点了一支烟，望着她。她鬓角的乱发浸湿在汗水中，如同少女时代。我问她：高二的时候，有天中午，你是不是来我家找过我？她看着我，不避闪我的目光：没有。

之后，她笑笑说：那天有人给了我一封信，我去你家，以为你也有这样的信会给我。

我不知道该说什么，她转身回了餐厅。又是正午时分，刀枪不入的我如雪人般融化，露出十七岁时的原形。

原载"柯首映"（2016 年 7 月 14 日）

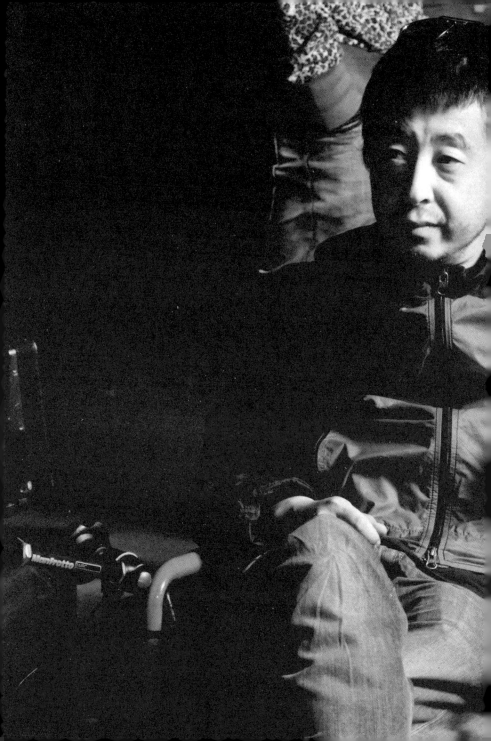

附录　贾樟柯简历

　　贾樟柯，导演、制片人、作家。生于 1970 年，山西省汾阳人。1993 年就读于北京电影学院文学系，从 1995 年起开始电影编导工作，现居北京。

导演作品

小山回家（1996，50 分钟，故事片）

1996 年香港独立短片及录像比赛最佳故事片

小武（1998，107 分钟，故事片）

第 48 届柏林国际电影节青年论坛首奖沃尔夫冈·斯道奖及亚洲电影联盟奖

第 20 届法国南特三大洲电影节最佳影片金热气球奖及最佳女主角奖

第 17 届温哥华国际电影节龙虎奖

第 3 届釜山国际电影节新潮流奖

比利时电影资料馆 98 年度大奖黄金时代奖

第 42 届旧金山国际电影节首奖 SKYY 奖

1999 年意大利亚的里亚国际电影节最佳影片奖

站台（2000，193 分钟 /154 分钟，故事片）

2000 年威尼斯国际电影节正式竞赛片，最佳亚洲电影奖

2000 年获法国南特三大洲国际电影节最佳影片、最佳导演奖

2001 年获瑞士弗里堡国际电影节堂吉诃德奖、费比西国际影评人奖

2001 年获新加坡国际电影节青年电影奖

2001 年获布宜诺斯艾利斯国际独立电影节最佳电影奖

2001 年获第 30 届蒙特利尔国际新电影新媒体节最佳编剧奖

2001 年日本《电影旬报》年度十佳外语片

2001 年法国《电影手册》年度十大佳片

公共场所（2001，31 分钟，纪录片）

第 13 届法国马赛国际纪录片电影节最佳影片

狗的状况（2001，5 分钟，纪录片）

任逍遥（2002，113 分钟，故事片）

第 55 届戛纳国际电影节正式竞赛片

第 16 届新加坡国际电影节国际影评特别奖

世界（2004，108 分钟，故事片）

第 61 届威尼斯国际电影节正式竞赛片

第 6 届西班牙巴马斯国际电影节最佳影片金伯爵奖、最佳摄影奖（余力为）

第 11 届法国维苏尔亚洲电影节评委会大奖

第 7 届法国杜威尔亚洲电影节最佳编剧金荷花奖

2005 年多伦多影评人协会最佳外语片奖

2005 年圣保罗国际电影节最佳外语片奖

2005 年法国《电影手册》年度十大佳片

东（2006, 70 分钟, 纪录片）

第 63 届威尼斯国际电影节地平线单元

意大利纪录片协会最佳纪录片奖

意大利艺术协会 2006 开放奖

2006 台北国际纪录片双年展最佳亚洲纪录片奖

三峡好人（2006, 105 分钟，故事片）

第 63 届威尼斯国际电影节最佳影片金狮奖

第 34 届洛杉矶影评人协会最佳外语篇奖、最佳摄影奖（余力为）

2007 亚洲电影大奖最佳导演奖

2007 阿德莱德国际电影节最佳影片奖

2007 特罗姆瑟国际电影节费比西国际影评人奖

第 28 届德班国际电影节最佳导演奖

第 14 届智利国际电影节最佳影片奖、最佳男演员奖

2007 年度日本《电影旬报》最佳外语片奖、最佳外国导演奖

2007 年度日本《朝日新闻》最佳外语片

2007 年度日本大阪电影节最佳外语片

2007 年度日本《每日新闻》最佳外语片

2007 年度法国《电影手册》年度十大佳片第二（编辑选择）

2007 年度法国《电影手册》年度十大佳片第一（读者票选）

第 20 届釜山国际电影节史上十佳亚洲电影

无用（2007，80 分钟，纪录片）

第 64 届威尼斯国际电影节最佳纪录片奖

2007 年第 12 届米兰国际纪录片电影节 FNAC 影片大奖

我们的十年（2007，8 分钟，故事片）

二十四城记（2008，103 分钟，故事片）

第 61 届戛纳国际电影节正式竞赛片

第 18 届挪威南方国际电影节费比西国际影评奖

河上的爱情（2008，19 分钟，故事片）
第 65 届威尼斯国际电影节特别展映单元

黑色早餐（2008，3 分钟，故事片）
联合国人权委员会成立 60 周年纪念短片之一

海上传奇（2010，119 分钟，纪录片）
第 63 届戛纳国际电影节"一种关注"单元
第 30 届夏威夷国际电影节最佳纪录片金兰花奖
第 13 届蒙特利尔国际纪录片电影节大奖（kino pen 奖）
第 7 届迪拜国际电影节最佳纪录片金马驹奖

家的感觉（2011，3 分 11 秒，故事片）
纪念日本 3.11 地震短片合集《3.11 家的感觉》作品之一

天注定（2013，129 分钟，故事片）
第 66 届戛纳国际电影节最佳编剧奖
第 7 届阿布扎比国际电影节最佳影片黑珍珠奖
第 20 届明斯克国际电影节最佳导演奖
第 40 届比利时根特电影节最佳音乐奖
第 24 届法国佩萨克历史电影节"大学生评审团奖"
第 12 届印度浦纳国际电影节评委会特别奖
第 36 届美国星光丹佛电影节最佳外语片——基耶斯洛夫斯基奖
第 50 届台湾金马奖最佳剪辑、最佳原创音乐奖
法国《电影手册》杂志 2013 年度十大佳片（第 5 名）
英国《视与听》杂志 2013 年度十大佳片（第 6 名）
美国《电影评论》杂志 2013 年度十大佳片（第 5 名）

日本《电影旬报》杂志 2013 年度十大外语片（第 3 名）

美国《纽约时报》2013 年度十大佳片（第 5 名）

BBC（英国广播公司）2013 年度十大佳片（第 6 名）

2013 年多伦多影评人协会最佳外语片奖

2013 年法国影评人协会最佳外语片奖

2013 年美国国家影评人奖最佳外语片第 2 名

2013 年德国 IFA 跨文化电影奖

第 2 届圣马力诺电影节杰出艺术成就圣马力诺泰塔奖（赵涛）

万象（2013，2 分钟，故事片）

纪念第 70 届威尼斯国际电影节短片合集《威尼斯 70：重载未来》作品之一

山河故人（2015，126 分钟，故事片）

第 68 届戛纳国际电影节正式竞赛片

第 63 届圣塞巴斯蒂安国际电影节公众奖——最佳欧洲电影奖

第 52 届台湾金马奖观众票选最佳影片、最佳原创剧本奖

第 10 届亚洲电影大奖最佳编剧奖

2015 年第 12 届国际影迷协会奖（戛纳）最佳女演员奖（赵涛）

2015 年国际在线影评人协会最佳影片（尚未在北美发行）

第 33 届迈阿密国际电影节最佳表演奖（赵涛）

2016 年美国圣地亚哥影评人协会奖最佳外语片

2016 年意大利电影杂志《搜索者》(Sentieri Selvaggi) 年度全球最佳影片

2016 年美国《名利场》杂志年度十大佳片（第 9 名）

2016 年美国《纽约客》杂志年度 35 佳影片（第 16 名）

2016 年美国《Esquire》(时尚先生）年度十大佳片（第 10 名）

2016 年度第 90 届日本《电影旬报》海外十大佳片（第 5 名）

第 23 届美国 Chlotrudis 独立电影奖最佳剪辑奖（马修 Matthieu Laclau）

营生（2016，26 分钟，故事片）

第 69 届洛迦诺国际电影节短片单元

第 40 届香港国际电影节特别展映

第 53 届纽约影展特别展映

第 41 届多伦多国际电影节短片单元

第 64 届圣塞巴斯蒂安国际电影节特别展映

监制作品

明日天涯（2003，导演：余力为）

赖小子（2006，故事片，导演：韩杰）

完美生活（2008，故事片，导演：唐晓白）

荡寇（2008，故事片，导演：余力为）

Hello，树先生！（2011，故事片，导演：韩杰）

语路 YULU（2011，纪录片，导演：贾樟柯、陈涛、陈挚恒、陈翠梅、宋方、王子昭、卫铁）

记忆望着我（2012，故事片，导演：宋方）

革命是可以被原谅的（2012，纪录片，导演：丹米阳）

陌生（2013，故事片，导演：权聆）

K（2015，故事片，导演：艾米尔、布拉格）

枝繁叶茂（2016，故事片，导演：张撼依）

个人荣誉

2004 年获法兰西共和国文学艺术骑士勋章

2007 年达沃斯经济论坛 "全球青年领袖"

2008 年杜维尔电影节 "杰出艺术成就奖"

2008 年杜维尔电影节杰出艺术成就奖

2008 年英国《卫报》"可以拯救地球的 50 人"

2009 年第十届西班牙拉斯帕尔玛斯国际电影节杰出艺术成就金伯爵奖

2009 年获法兰西共和国文学艺术骑士勋章（军官级）

2010 年多伦多电影节新世纪十年最佳导演奖

2010 年瑞士诺加洛国际电影节荣誉金豹奖

2010 年荷兰克劳斯王子桂冠奖

2014 年亚美尼亚金杏国际电影节"帕拉捷诺夫奖"

2014 年意大利新现实主义电影节"金湖奖"

2014 圣保罗国际电影节终身成就奖

2014 年美国《外交政策》"全球百名思想家"

2014 年釜山国际电影节"史上十佳亚洲导演"

2015 年戛纳国际电影节导演双周终身成就"金马车奖"

2016 年第 18 届孟买国际电影节"杰出艺术成就奖"

2016 年第 38 届开罗国际电影节"杰出艺术成就奖"

出版著作

2009《贾想》

2009《中国工人访谈录》

2010《故乡三部曲：小武、站台、任逍遥》

2010《海上传奇——电影纪录》

2011《问道——十二种追逐梦想的人生》（与赵静合著）

2014 年《天注定——电影纪录》